ROBERT BLY
对驴耳诉说
*Talking Into
the Ear of a Donkey
&
My Sentence Was
a Thousand Years of Joy*

〔美〕罗伯特·勃莱 著

赵嘉竑 译

著作权合同登记：图字 01-2022-4381

Talking Into the Ear of a Donkey: Poems
©2011 by Robert Bly
Published by arrangement with Georges Borchardt, Inc.
through Bardon-Chinese Media Agency
Simplified Chinese translation copyright ©2022
by Shanghai 99 Readers' Culture Co., Ltd.
ALL RIGHTS RESERVED

图书在版编目（CIP）数据

对驴耳诉说 /（美）罗伯特·勃莱著；赵嘉竑译.
—— 北京：人民文学出版社，2022
（巴别塔诗典）
ISBN 978-7-02-017425-6

Ⅰ.①对… Ⅱ.①罗… ②赵… Ⅲ.①诗集 – 美国 –
现代 Ⅳ.① I712.25

中国版本图书馆 CIP 数据核字 (2022) 第 155568 号

| 责任编辑 | 卜艳冰　何炜宏　邰莉莉 |
| 装帧设计 | 李苗苗 |

出版发行　人民文学出版社
社　　址　北京市朝内大街 166 号
邮政编码　100705

印　　制　凸版艺彩（东莞）印刷有限公司
经　　销　全国新华书店等

字　　数　65 千字
开　　本　889 毫米 ×1194 毫米　1/32
印　　张　7.5
插　　页　5
版　　次　2022 年 10 月北京第 1 版
印　　次　2022 年 10 月第 1 次印刷

书　　号　978-7-02-017425-6
定　　价　79.00 元

如有印装质量问题，请与本社图书销售中心调换。电话：01065233595

目录

对驴耳诉说

第一部分
藏在鞋中的渡鸦　_5

讨好善忘　_7

让我们的小船漂荡水上　_9

留心旋律　_11

盼望杂技演员　_13

尼尔玛拉的音乐　_15

天黑后的青蛙　_17

久婚者的同情心　_19

瞎眼老头　_21

父与子　_23

第二部分
绵　雨　_27

瓦楞钉　_28

六月底的一天　_29

_2

应付父母　_31

老去的感觉　_33

旧渔线　_35

晨间出门散步　_37

记马里兰的一场诗歌朗诵会　_39

迷途的猎人　_41

开始写一首诗　_43

我有女儿也有儿子　_45

哀鸽之鸣　_48

对驴耳诉说　_49

渴望奢华的天堂　_50

第三部分

一件家事　_53

水　箱　_55

那盒巧克力　_56

保持安静　_57

码头进来的那天　_58

早晨的睡衣　_59

家中的那个问题　_60

第四部分

听闻的细语 _63

细小的冷杉种子 _64

大鼻孔的驼鹿 _65

特里斯坦与伊索尔德 _66

八月的土耳其梨 _67

作为爱好者的梭罗 _68

在一段死亡猞猁的时期里 _69

那么多时间 _70

拟八哥 _71

海龟蛋 _72

致老诺斯替教徒 _73

雏　雉 _74

俄里翁与农庄 _75

静默于月光中 _76

致高山的鸣啭 _77

为了什么忧伤？ _78

河流中的情人 _79

骆　驼 _80

界　限 _81

第五部分

周日下午 _85

茶　壶 _86

准备睡觉 _87

家　蝇 _88

吾父四十 _89

我的母亲 _90

又到早晨 _92

为克拉拉阿姨做的事 _93

门边的男子 _94

隐　士 _95

记堪萨斯州艾奇逊市博立顿大学诗歌朗诵会 _96

第六部分

不确定性 _101

打谷者 _103

渴　望 _105

我们今天看到了什么？ _107

长脚鸟 _109

黎明时听到音乐 _111

巢中鹰 _113

我哀伤的屋子 _115

关于我的父亲 _117

沾满烟渍的手指 _119

旧诗人没能说出的事 _121

我的判决是一千年的快乐

第一部分
漆黑的秋夜 _127

献给安德鲁·马维尔的诗 _129

黎明前听西塔琴 _131

与朋友在奥霍卡利恩特闲游 _133

当我与你在一起 _135

柏拉图有许多 _137

巴赫 B 小调弥撒 _139

失明的托比特 _141

希腊船 _143

拜访老师 _145

第二部分
长翅膀 _149

扣紧肚带 _151

呼喊与回应 _153

鹅的忠告 _155

弄瞎参孙 _157

我们出生时的巢 _159

伦勃朗的棕墨 _161

白马岛的鹈鹕 _163

格拉纳达的弗拉明戈歌手们 _165

从身后而来的马 _167

第三部分

勃拉姆斯 _171

雅各与拉结 _173

该拿这花园如何 _175

鞋　拔 _177

唱同一个低沉之音 _179

开心果 _181

听古老的音乐 _183

藏在一滴水中 _185

致罗伯特·马瑟韦尔 _187

听沙赫拉姆·纳则利 _189

第四部分

寄证据给检察官 _193

午夜醒来 _195

佛罗伦萨一周 _197

拉莫的音乐 _199

在一场牌局里输掉房子 _201

哀悼史 _203

俄勒冈海岸一周 _205

沙 堆 _207

肮脏的纸牌 _209

那对胖胖的老夫妇旋转 _211

第五部分

沙比斯塔里和《秘密花园》 _215

城市被焚之夜 _217

新 郎 _219

大麦穗 _221

亚当的领悟 _223

吃黑莓酱 _225

黄胸松鸡 _227

从城堡里偷糖 _229

对驴耳诉说

第一部分

藏在鞋中的渡鸦

有件事安居宅中的男男女女
并不理解。老炼金术士站在
他们的炉边暗示过此千次。

渡鸦们夜里藏在一位老妇的鞋中。
四岁孩童说着某种古老的语言。
我们已将自己的死亡活过千次。

每一句我们说给朋友的话都意味
相反。每一次我们说"我信靠上帝",意思却是
上帝已抛弃了我们一千次。

母亲们战时一次次跪在教堂中
祈求上帝保佑她们的儿子,
但她们的祈祷被拒绝了千次。

小潜鸟跟随母亲光滑的
身躯数月。到夏末之时,她
已将脑袋扎进雷尼湖①中千次。

罗伯特,你已浪费了那么多人生
坐在屋里写诗。你还会
再那样做吗?我会的,千次。

---

① 雷尼湖是位于美国与加拿大边界上的一个淡水湖。

讨好善忘

难以知晓哪种喧嚷杂乐
能将我们的善忘送回地底,
多年前掘墓人从中将它扯出。

一天伊始我们便讨好善忘。
甚至我们完全清醒时,一个世纪也可
流逝于一记心跳之间。

我们因善忘而丢失的人生好似
犁头两面粘着的泥土
和母鸡抛弃在林中的蛋。

千种天赋被赐予我们,在子宫之中。
我们在诞生的善忘里丢失了数百,
又在入学的第一日丢失了旧天堂。

善忘好似压在冷杉枝头的
雪;在我们屋后,你将发现
一座绵延数百里的森林。

值得称道的是我们能记住
那么多里尔克的诗行,但善忘的目的
是记住上一次我们离开这世界的模样。

让我们的小船漂荡水上

那么多祝福已赐给我们
在光的第一次洒播中,以致我们
因自己的悲伤而被千个星系羡慕。

别期望我们去赞美创世和
避免错误。对地球而言,
我们每一个都是迟来者,为生火而拾柴。

每晚,又一缕光从牡蛎
闭着的眼中溜出来。因此别放弃希望
怜悯之门也许依然敞开。

塞特和闪①,告诉我,你们还在为

---

① 据《圣经》载,当该隐杀死兄弟亚伯后,上帝又给了亚当、夏娃一个儿子,即塞特。闪是诺亚的长子。

_10

那一星光亮悲伤吗？它无人
近卫就降落到玛利亚子宫的埃及。

难以领悟有多少慷慨
包含在让我们继续呼吸之中
当我们除了自己的悲伤就毫无贡献。

我们每一个都值得被赦免，只因
我们顽强地让我们的小船漂荡水上
当那么多已在暴风雨中沉没。

留心旋律

好吧。我知道我们每一个都将独自死去。
无所谓西塔琴弹得有多响亮或轻柔。
迟早旋律会将一切吐露。

序曲那么长!终于主题开始了。
它说魂魄将凌越所有这些音符。
它说灰尘将从地上被扫起。

无所谓我们祈祷与否。
我们知道独木舟正奔向瀑布。
而这一次没人会将我们从水中救起。

有一天,老鼠会带着我们疲竭的冲动
直到埃及,而在故土,母牛
将啃食于千亩沉思之上。

每个人都继续期望着善终。
旧绳从绞刑吏的钉子①垂下。
四十九个大盗正在攀进他们的靴子。

罗伯特,别期望太高。你已先己
后人那么多年,一百年。
你得花上许久才会听到这旋律。

---

① "绞刑吏的钉子"(hangman's nail)似包含一个文字游戏,可抽取组合出单词 hangnail,意为指甲周围的倒刺,其中 "nail" 的古英语形式表示钉子,后来又逐渐有了指甲的含义,可从这两种不同词义考虑本句呈现的整体效果。

盼望杂技演员

有那么多甜蜜在孩子们的嗓音里，
那么多不满在一日将尽时，
那么多称心如意当一列火车驶过。

我不知为何公鸡不断地啼鸣，
也不知为何大象高扬它起节的长鼻子，
更不知为何霍桑总在夜里听到火车声。

一个俊俏的孩子是上帝的一份恩赐，
一位朋友是手背上的一根血管，
一道伤口是来自风的一笔遗产。

有些人说我们正生活在时间的尽头，
但我相信一千个异教牧师
将于明天抵达，来为风施洗。

_14

对圣约翰①我们不必有所作为。
每当他将双手置于大地上
井水就会甜蜜百里。

各地的人们都在渴望一种更深度的生活。
让我们期望某个杂技演员会路过
并给我们一点如何进入天堂的提示。

---

① 此处的圣约翰指施洗约翰,他在约旦河一带为悔罪之人施洗涤罪,后为耶稣施洗。

尼尔玛拉[1]的音乐

尼尔玛拉今日弹奏的音乐有
两个名目:寻回失物者,
和万物自其丢失者。

老虎在存在之林中继续
吃人。诸神对此应允。圣徒
仰慕沾染着血的须髭。

女人们头发新洗,灵魂
一次次出生于光滑、活泼的肉身,
木板靠着一座谷仓⋯⋯这究竟意味着什么?

男人们远虑筹谋,并多有天意眷顾。
他们规划了埃及。但我深爱着女人。

---

[1] 尼尔玛拉·拉贾塞卡,维纳琴演奏家,与勃莱有过合作。

_16

他们说:"让羔羊过来被宰杀。"

女人们遭受得最多。在每个孩子出生之间,
那么多小地毯被编织又拆散。一百碗
水被倒在地上。

饥饿的老虎跟随消失中的狗
进入生命之林。女人对此了然,
因为这是一个万物失落其中的世界。

天黑后的青蛙

我如此喜欢哀伤的音乐
以致我不费心去找小提琴手。
老去的窥视者令我长久满足。

蚂蚁用他塞法迪①的小脚走动。
长笛总乐于重复同一个音。
海洋欢腾在它昏暗的豪宅里。

熊常被堆叠起来,紧贴彼此。
在熊洞之中,它却只是小丘般一座
接一座,也无人来整理分辨。

---

① 塞法迪犹太人是历史上曾长期生活在伊比利亚半岛上的犹太人分支,曾受阿拉伯影响,又与基督徒长期共存,因此具有与其他犹太分支不同的文化特质。1492 年,西班牙王国颁布法令驱逐未改信基督教的犹太人,迫使大批塞法迪犹太人迁往北非、奥斯曼帝国等地。

你与我已花费了那么多时辰工作。
我们已为所拥有的生活付出了巨额。
没关系,如果今晚我们什么也不干。

我们已听见弦乐手在为旧琴调音,
而歌手正催促低音前来。
我们已听见她在尽力阻止曙光乍现。

生命中某些迟缓于我们而言是无妨的。
但我们喜欢回忆灵魂一蹦一跳
跃入鲜有人至的天堂的模样。

久婚者的同情心

哦好吧,让我们继续吃永恒的谷粒。
我们关心旅途中的什么改进呢?
天使有时在老龟的背上渡河。

让我们替被撇下的人忧心?
那一只飞越云层的鸟儿便足够。
你出现在家门口的甜蜜脸庞便足够。

两匹农场役马倔强地拉着货车。
疯狂的乌鸦衔走桌布。
多数时候,我们撑得过漫漫长夜。

让我们别把野性的天使从门口驱赶。
也许疯狂的谷田将移动。
也许苦恼的岩石将学会行走。

没关系,如果我们被长夜所困扰。
没关系,如果我们无法记起自己的名字。
没关系,如果这喧嚷杂乐继续奏鸣。

我已不再为独居的男人忧心。
但我确实替住在隔壁的夫妻忧心。
透过纱门听见的几句话语便足够。

瞎眼老头

我不知为何那么多甜蜜环绕着我们,
也不知为何微风吹拂窗帘在午后,
更不知为何大地对它的孩子怨言颇多。

我们永远也不知为何雪飘落了整夜,
不知为何苍鹭伸展它修长的双脚,
不知为何我们的被抛弃感在晨间如此强烈。

我们从未明白鸟儿何以能够飞翔,
也未明白那造梦的天才究竟是谁,
更未明白为何天堂与尘世能现于一首诗中。

我们不知为何雨落了那么久。
挖渠人掘起一铲又一铲。
苍鹭继续将诸天缝合。

我们从未听说过我们结胎的那日,
也未听说过助我们出世的那位医生,
更未听说过那决定我们何时死去的瞎眼老头。

难以知晓为何太阳升起,
为何我们的孩子几乎都爱着我们,
为何微风吹拂窗帘在午后。

父与子

无休无止：乘船前行,
狗爪在地板上发出的啪嗒声,
八十岁依然活泼的女人。

无休无止：有轨电车的隆隆声,
二十岁司机拐弯时的
抱怨,狗冲着时间尽头吠叫。

无休无止：马的踏步,
老汉们甩出纸牌的样子,
歌剧演唱者脸上傲慢的神情。

无休无止：我参差的诗节,
衬衣下摆飘摇于风中,
风暴里折断的树枝。

24

我有说过它们无休无止吗？人们死去，
妙龄女孩肩头的汗滴，
黄昏时打谷的手的疲惫。

以某种方式，牌局最终的确结束了，
而囚犯最终自首，
父亲将他最小的儿子送上巴士。

第二部分

绵　雨

天气阴郁且多雨。
无人知晓耶稣何时将会来临。
绵雨已来了又去。
方圆千亩浸没于水中。

瓦楞钉

百艘船只依旧在寻找岸滨。
我希望中所含超乎我曾想象。
小小瓦楞钉躺在地上,翘盼屋顶。
我们脚上的某块小骨正渴望着天堂。

六月底的一天

老人坐在他的椅子里垂望。
它会来的,亲爱的。股骨通
向膝盖骨,而新西兰并没
落得很远。他们都会赶上的。

学童们自由自在。窗帘舒展
于窗前,恰似野餐中的少女。
没有哪位名人已死去。男孩
仍然心怀龙塞斯瓦列斯① 的种子。

新人已接手了汽车旅馆。这
没关系。我们曾有何权利把轮胎

---

① 龙塞斯瓦列斯是比利牛斯山中的一个隘口。公元 778 年,查理大帝的军队从伊比利亚战争撤退时在此处遭遇埋伏,指挥官罗兰英勇战死,后出现了吟咏这一事迹的法兰西史诗《罗兰之歌》。

丢入河中？普罗提诺① 直到
八岁才断奶。他看到那亲爱的太一，

她是最难得见的。鹰隼的
羽翼闪耀。他的双目明亮。
某种无形的甜蜜将膝盖与
护膝裹在一起。我们的舌头

继续活动；心中之火
依旧燃烧。阳光的闪烁
点燃飘摇于风中的窗帘。
老人坐在他的椅子里垂望。

---

① 普罗提诺，公元 3 世纪罗马埃及哲学家，被后世视为新柏拉图主义的奠基人。他认为至高无上、绝对超验的太一是世界的本源，先于一切存在，所有造物皆从太一流溢而出。

应付父母

很难知道该就父母说些什么:
一人说:"我辜负了我的父母。"他领父母
穿过一条糟糕的街——两条车流。
另一个为父母建了块失落的殖民地。
他划船过河,拖着他的父母。
他给他们买靴子和木髓帽,
还把他们送上战场。一人给他们穿上
奥地利军服又给他们
俄罗斯地图。没人再见过他们。
另一个学过炼金术的人
想要炼化他的父母。这费了
好些炉火,但并没多大改变。
还有个我认识的人把父母储存
在一座空水箱里——梯子现在还伸在外面。
另一个人把父母一块儿绑在

摇椅里一天一夜。他们
当然死了……但到最后,他们
可以确信他们曾经有过孩子。

老去的感觉

无疑冬天将要来临。我发现

我的伦敦雾夹克是中国制造。

秋天犹如一张空写字台。

我窗外的白蜡树

没有叶子,伊格纳托①已经去了……

但我的笔依旧自如地游走

于这纸上。而薇拉②,她在哪儿呢?

在纽顿维尔的一家养老院里。

灯光照在地板上。

没有回应。我能读些我想读的东西吗

现在,《斯大林格勒》怎么样? 读吧。

那些我珍视的人,那些珍视我的人……

---

① 大卫·伊格纳托(1914—1997),美国诗人,著有诗集《给大地的私语》等。他的诗歌以普通人的日常经验为主题,勃莱曾为其选编诗集。
② 薇拉·桑多米尔斯基·邓纳姆(1912—2001),美国著名的斯拉夫研究者、诗歌翻译家,著有《斯大林时代:苏联小说里的中产价值观》等。勃莱曾与她合译过俄语诗歌。

我能站着并让我的手掌抚摩
于我的腹鼎①之上——
你知道,道家所讲的
圆肚炉。也许
确有一缕真气上行,
如他们所说,沿着脊柱。加拉帕戈斯群岛上的
龟感觉不到衰老。
他们每分钟只呼吸一次。

---

① 勃莱在这句及后几句中提及了道家功法,如摩腹功、龟息等等。在内丹修炼中,人体被视为炼丹的炉鼎,其中鼎为容器,而炉为生火之器。

旧渔线

有时候我在十月底的一天坐进我的汽车
向北行驶。一切我还没做的事——
耙地、拜访——所有那些不活的理由——
都消失了。我路过半废弃的度夏小镇,
欣赏着光秃树枝的影子投在
空旷的湖面上,那儿冰冷的水波轻拍沙地。

叛教的牧师——他们都闲言碎语的
那位——可能也会看到那些水波,在将
他的周日礼帽扔出窗后。他会
没事的。死亡拥抱橡树叶的底面。
在每一个路过的小湾,你都会看到
你曾必须说不的东西。

没关系,如果你走向岸滨。

你会感到时光正在流逝,一如夏日。
你会看到雨滴在细沙上留下的小孔
还有被刮到岩石上的旧渔线。

晨间出门散步

在城市中，无论何时你走出门，
空气都率先向你袭来……浩荡，
无人性。它去过哪儿？
这就像你大学的第一门课，

不过有更好的老师。走远些，
你的双腿开始感到寒冷。
但你学到更多。这就像
研究生院，在那里

你的靴子不断在松动的
岩石上打滑，当你
设法向上穿越
伟大诗篇的页岩。

倘若你无论怎样都不停地走，

你不久便会登顶。你会发现
你已读过许多德国诗人
在你的靴子灌满了雪的时候。

记马里兰①的一场诗歌朗诵会

致露希尔·克里夫顿

你本会在下马里兰感到吃惊。
在这遥远的南边我们依旧能感受到华盛顿：
乔治撒了粉的头发在唐棣的花簇中，
那么多罪犯期望林肯的赦免。
我们都赞赏那些巨树，斜伸于
海湾之上，宽阔草地上的英国式雄伟。

我们坐火车来读诗。我们所有人
都带着一样东西——说不好是什么：

---

① 马里兰州位于美国东海岸，与华盛顿哥伦比亚区接壤。它是英国在北美建立的13个殖民地之一。在美国独立战争中，华盛顿将军称赞马里兰军团在长岛战役中的骁勇表现，称其为"老战线"，因此马里兰州又被称为老战线州。马里兰曾为哥伦比亚特区的建立捐献了2个县的土地。在南北战争期间，林肯总统因马里兰允许蓄奴又接近联邦政府所在地而对其进行直接管辖，引起宪法争议。南北战争后，他被同情南方的马里兰人约翰·威尔克斯·布斯所刺杀，凶手之后潜逃马里兰，在拘捕时的混乱中死去。

也许是运气,也许是些对真理的
鲁莽,也许只是几块我们放在
口袋里的小石头,散发着
学生们在家时没有闻够的香味。

我们坦白了几句——我们不得不——带来了
那么多藏在我们身上的东西,但我们的目的
并非坦白。我们的目的是要发一星光亮,
表明我们已做得不错,并暗暗
吐露一点我们的童年时光,希望
我们也一样将得到某种赦免。

迷途的猎人

每当女高音与男高音
跪着向彼此歌唱,
在舞台的另一处,男中音
便快要死去。

阿拉斯加猎人发现
他手臂上的血迹,他的收音机
坏了,而新雪
正落在枝头。

我不知为何蚱蜢
没有设法从鸟爪下
扭脱出来,
却是一动不动。

就忘了这个念头吧

_42

有人会来拯救
你,每当雪松开始
发出那轻微的声响。

开始写一首诗

你独自一人。接着有了
敲门声。是个词。你
请它进来。一切暂时
进展得不错。但这个词

有亲戚。很快
它们就露面了。它们谁也不工作。
它们睡在地板上,它们偷走
你的网球鞋。

你起的头;你不
愿丢下不管。
现在屋里一片狼藉,
遥控器也不见了。

这就是结了婚

的样子!你从来不只是
接受你的妻子,还接受了
她家庭的疯狂。

现在明白发生什么了吧?
你的车在哪儿?一星期
你都没法找到
那些钥匙。

我有女儿也有儿子

1

是谁清早六点在外边?那
将报纸扔在门廊上的男人,
还有漫游的灵魂,突然
被拉回他们沉睡的肉身。

2

雅各·波墨[①]的狂野之语
继续赞美人类的肉身,
但苦行者的沉重之语
摇荡在秋日的狂风中。

---

① 雅各·波墨(1575—1624),基督教路德宗神学家、神秘主义者,被黑格尔誉为"德国第一位哲学家",著有《曙光》《论人的三重生活》等。

3

我有权写我的诗?
讲我的笑话?爱我所爱?
哦愚蠢的人,对欲望——
一无所知——比无知更甚。

4

我有女儿也有儿子。
当他们中的一个将手搭在
我的肩上,发光的鱼儿
在深海中忽然扭转。

5

在这个阶段,我尤其喜欢
海上的黎明,林子上空的星星,
《三重生活》里的篇章,
以及幼鼠白皙的脸蛋。

6

也许我们的生活由撑条和纸
构成,像那些早期
莱特兄弟的飞机。邻居们
一路跑,举着翼尖。

7

我实在喜欢叶芝的狂烈
当他跳进一首诗里,
还有我父亲手中那可爱的
平静,当他扣上他的外套。

哀鸽之鸣

致佩姬与弗兰克

哀鸽之鸣唤醒了我
在那寂静的夜晚,当时间依旧是夜晚
于我而言。那些声音甚至比
箱式收音机更古老,它们说:
"你的母亲正沿路走着。
我昨晚见到你死去的父亲
在棉白杨林边。"
我整晚沉睡于一座宅子里,亲爱的
朋友们在邻屋中安眠。
低鸣唤醒了我,在那寂静的夜晚。

对驴耳诉说

我已在对驴耳诉说。
我有那么多要讲!驴子急不可待
要感受我的呼吸拂动他双耳的
巨型燕麦。"春天怎么了?"
我嚷道,"我们的腿怎么了,在四月的
跃动中如此欢乐?""哦,别管
那些。"驴子说。
"就抓住我的鬃毛,让你的
嘴唇更贴近我毛茸茸的耳朵。"

渴望奢华的天堂

牡蛎家族中没有一个抱怨,
龙虾整个夏天弹奏着骨吉他。
只有我们,长着对生拇指①,渴望
天堂存在,上帝降临,又一次。
我们的抱怨无穷无尽;我们渴望
安逸的尘世和奢华的天堂。
然而单脚立于沼泽中的苍鹭
整日喝他的黑朗姆酒,且心满意足。

---

① 一些灵长类动物的拇指能与其他四指对握,令其可以进行抓握的动作,此生物结构称为对生拇指。

第三部分

一件家事

我猜这是一件古老的家
事。有人是拿破仑,
有人被牺牲。召来
耶稣吧,如果你不明白。

捡起那块地上的饼干。
让雇工继续
浪费他的人生。他会找到
一起浪费的某位。

这就像一场游戏
游戏自己是输家。
这就像一次野餐
篮子享用了食物。

没关系,如果我去上大学;

而多数人不上。没关系
到头来把你自己的父亲
领回家。只要保持安静。

某些力量比我们
更强大。它们从来不说
较量何时发生。
那是在昨晚。你输了。

水　箱

已是深秋，椋叶枫的叶子掉尽了。
雪落在干草捆间的马儿上
落在为过冬而倾倒的水箱上。
马儿向白茫茫的大地垂下脖子吃草。

那盒巧克力

他总是知道他去过哪儿,而且他记得
围篱桩中的梣叶枫,瞧不上那些
不能预见风暴将至的人。他已学会
忍受他的诱饵越落越深的样子。

我的母亲对琐碎的工作兴致高昂。
他买给她心形盒子的巧克力
每年一次。一生,一个女人,
那曾是上帝的律法,而他并不怎么喜欢。

保持安静

我的一位朋友说,每场战争
都是某种童年暴力的迫近。
那些棚屋里的打斗并非玩笑。
总而言之,结果并不太好。

这已持续了千万年!
从未改变。某件事
发生在我身上,而我没法告诉
任何人,同样它也会发生在你身上。

码头进来的那天

码头进来时发生了那么多事。
橡树叶子在脚下。它们噼啪作响
当我们把桨拿进新漆的棚屋。
湖泊正解说它的早年生活。

我挂着的四个苹果不见了,不知
去了何处。微小的调整遍布各
处。我们得准备好去读
塞涅卡①——书柜将会解说。

现在是时候拔起桩子了,
把码头拖进来,堆起零部件,
把船抬到顶上,然后看看
有多少微妙丢失在解说事物之中。

---

① 塞涅卡(前4—65),古罗马斯多葛派哲学家、政治家、戏剧家,著有《论幸福生活》《论生命之短暂》等道德谈话与论文,《腓尼基妇女》《美狄亚》等悲剧。他的伦理学影响了早期基督教思想。

早晨的睡衣

当你已在温暖的被窝里睡了整夜,有时
你会发觉睡衣上有股朽木的香味。
它有点儿下流,但让人满足。
它是某种契合亲密的温暖
由你的蛋蛋在夜间创造。
这是哺乳动物的快乐,与
母牛的乳房类同,这世上
名词中的一个。
别害羞,朋友们;
别把你的睡衣扔进洗衣机,
别开窗;
忘掉朝圣者!
想想这有多甜蜜
知识竟来自
如此深邃的源头。

家中的那个问题

我不知该如何说起。
我们是笨手笨脚的人——没
弄清过任何事。为何战争
开始……或者为何汽车不……

我们干不了。也许
有人明白,但
我们只是坐上拖拉机。
我们没有人去召集会议。

"你为什么喝酒?"没人
那么问,除了我的母亲。她
问了,而余下的我们说:"我不
想站在她这边。"

第四部分

听闻的细语

蜘蛛在十月的风中摇摆；她听见蝙蝠的脚
离开树枝时的迅疾声响，熊在遥远的
拉布拉多冰原上发出的呻吟，
飓风夺走巢穴时鹪鹩的
悲啼，球果的坠落，修女死去时
发出的叹息，耶稣对
汲水妇人的细语①，骨头几乎静默的
哭泣，渴望被埋葬于墓中。

---

① 耶稣经过撒玛利亚时，曾在井边向一位来打水的妇人讨水喝，故事见于《圣经·新约·约翰福音》(4: 5—26)。

细小的冷杉种子

灵巧的灶巢鸟,梨的端庄,
桨的简朴,细小的冷杉种子里
不朽的引擎,所有这些
都表明我们多么希望无常
变作恒常。我们希望隐士鸫鹠
甚至在风暴中也保住她的蛋。
但那不可能。我们是易朽的;
朋友们,我们是含盐分的、无常的王国。

大鼻孔的驼鹿

马儿继续吃使徒岛上的蕨草,
还有绵羊与山羊;以及大鼻孔的驼鹿
在对世俗乐趣的渴望中
它撞倒寻常的灌木丛。
硕大的阳物在睡莲叶间浮动。
那景象令我们平静。他的鼻子令我们平静。
慢慢地,倔强地,我们找回那些乐趣
教父们,恼恨诺斯替教徒①,曾将它们丢弃。

---

① 诺斯替派是起源于公元1世纪晚期的犹太基督教教派,后被基督教正统定为异端。他们主张灵魂与肉体的绝对两分,灵魂是神圣的,而肉体是邪恶的,因此复活也不是肉体的复活;既然肉体本身邪恶,它之所行便无关紧要,于是诺斯替教徒中就有禁欲主义与纵欲主义两种生活选择。诺斯替派与正统基督教的另一分歧在于,前者认为人的根本困境是无知,因此需要寻求灵知,而后者认为人的根本困境乃罪,因而需要忏悔。

特里斯坦与伊索尔德[①]

欢乐的身体唱起它四条腿的曲调。
它有它的真诚。恋人们知晓动物的
倔强,对鬼发出的咕哝,
完了,完了!锥子从皮革顶出;
线从针眼里扯出。后来
她看他似乎顺眼了,像一个水洼
被动物搅浑。特里斯坦与伊索尔德
喜欢他们的淫窝,不分北,不分南。

[①] 特里斯坦与伊索尔德是 12 世纪骑士传奇中的人物。马克王将迎娶爱尔兰公主伊索尔德,派特里斯坦将新娘接回。然而特里斯坦与伊索尔德在途中误用爱药而彼此相恋,两人时常幽会,后被马克王撞破。这一故事有众多不同的版本,情节与结局大不相同。

八月的土耳其梨

有时候一首诗有她自己的丈夫
和孩子,她的僻静角落、花园与厨房,
她的楼梯,以及那些装着糖果的仆童,
端着装在锃亮的铜盘里的小牛肉。
有些诗确实提供普通的糖果
比法国食客夜晚品尝的巧克力
更美味,还有古老的乐趣,丰沛
如八月花园中摘下的土耳其梨。

作为爱好者的梭罗

亲爱的老梭罗抛弃了他声名狼藉的生活[①]
去与沙丘鹤和蚂蚁同住。
他并不是个讨喜的人,但他
和他隽美的语言为伴。
每天他独自散步于林中,
带着一本爱好者之书,它讲述哪一朵花
可能在今日盛放。好吧,好吧;
除此之外,他活得过分简独。

[①] 在开始瓦尔登湖畔独居的前 1 年,梭罗和朋友失手引发了森林大火,烧毁了 300 英亩林地,他为此受到当地人的指责。

在一段死亡猖獗的时期里

我们不想警告苍鹭,它正
守着蔓越莓沼泽免遭霜冻。
但那么多野兔已被黄鼠狼吃掉;
死亡继续发生,夜复一夜。
狐狸在黄昏时偷偷穿过灌木丛。
那么多我们所关心的已被夺去了生命。
我们在这首诗中听到的诶和啊
属于在夜色中惊叫的野兔。

那么多时间

十二月的愚蠢,灰烬掉落,诱惑者
飞入曾被梦见过的宫殿。事物在灵魂中
运动得如此缓慢。定是我们
已经哀恸了百年。
老翁和老妪知晓有多少时光
能流逝于祈祷中。我们不要尽力
使彼此振作。没关系。
我们可以在哀恸中度过另一个百年。

拟八哥

拟八哥溜达在忧伤的黑色地板上。
穿着橘色长袍的拉比[①] 喂给它们
米诺鱼面包[②]……它们来见你。
摩西和他的黑人妻子[③] 像鸟儿般行走
和舞蹈。在梯牧草的茎秆间
上了鞍的马儿从忧伤的槽中饮水。
但拟八哥的脚爪轻捷——它们越
过梦者昨晚留下的足迹。

[①] 拉比是犹太教的精神领袖和宗教导师,系统学习过犹太经典,是智慧的象征。
[②] 米诺鱼是一种北美的小型鱼类,人们常用面包为饵捕捉米诺鱼,再将其当作钓大鱼的鱼饵。
[③] 按《圣经·旧约·民数记》(12:1) 所载,摩西的第二任妻子为古实(今埃塞俄比亚)女子。

海龟蛋

爬上岸滨给她的一窝幼崽一个家，
她每日收集一点原始的干草。
月相盈亏下，她慢慢地
堆垒皮革似的蛋，在昏暗的午夜。
几小时后她费力地将蛋留在
沙滩上，以闪耀的沙子覆盖它们。
许多丢失了，但有一些幼龟
找到了他们通往庇护之海的道路。

致老诺斯替教徒

教父们对世界的终末深信不疑
但他们错了。诺斯替教徒既对又不
对。龙以它们起节的尾巴交配。
一些睡意蒙眬的富人漫不经心地起身,
对,那儿!笨拙又顽固的
忧伤拖累飞翔的福音书。
学者们东拼西凑新的版本。
未经锻造的灵魂在空虚的光芒中抱怨。

雏　雉

"一当夫子被释,鸟儿便高飞。"
陶渊明某日如是说。
"在正午的苦热里,雏雉
伸展它们的新翼于月尘之中。"①
那么多身体细胞承认了它们的孤独。
欢笑回到树木的根系。
当我最后才考虑自己,一阵古老的忧伤袭来。
一种古老的愁苦在忧伤的尘埃里回归。

---

① 译者查阅了陶渊明诗文全集,并求助于师友,但依然未能找到与勃莱引言契合的句子。此处,勃莱可能对陶诗做了有意或无意的误读,乃至改写或杜撰。

俄里翁[①] 与农庄

俄里翁，那个老猎人，稳健地漫游于
繁星之间……农庄在他的脚下。花了这么久
我才答应像他那样走动。
八十岁了，每晚依旧将我的双脚
满怀希望地放于地上。
花了许久才答应去忧伤。
但那伟大的步行者跟随他的猎犬，
整晚狩猎在渐逝的繁星之中。

[①] 俄里翁是古希腊神话中的一位猎人，有猎犬伴他一同打猎。他死后被宙斯升为猎户座。

静默于月光中

静默于月光中,无始无终。
孤身,却不孤独。一男一女躺
于露天野地,在羚羊皮的长袍下。
他们睡在动物的毛皮下,仰望
古老清澈的繁星。多少年了?
长袍覆盖着他们,所眠处
崎岖不平。外边,明月,平原
静默于月光中,无始无终。

致高山的鸣啭

静默于月光中,无始无终。
于是羁绊丢失了,而后又复得,
尖齿被挖出积雪,歌声那样轻
余人无法耳闻。一些声音确乎适合
粗实的琴弦与有力的手指。徐徐,有客
入山来,行走于坡上,孤身一人。
他行走,他坐下来,他找到一块石头;
还没有人见过它,他坐下来,孤身一人。

为了什么忧伤?

为了什么忧伤？这是一间仓库
我们在此储藏小麦、大麦、玉米和泪水。
我们从一块圆石上迈到门口，
仓库喂养所有忧伤的鸟儿。
我对自己说：最终你会感到
忧伤吗？继续，在秋日里也要乐观，
要淡泊，对，要宁静、泰然；
或是在忧伤的峡谷里伸展你的翅膀。

河流中的情人

芍药盛开于星光中。情人们

渡河,小心翼翼,神神秘秘,神神秘秘。

整晚马踏步于沙岛上。

丈夫们今晚惴惴不安;他们的妻子,

我们知道,与奎师那① 在河中相会,

她们的身体因快乐的骨骼而甜蜜。

当大卫王唱起歌,星星落入海里;乌利亚②

死去……这就是黑脸之神的疯狂。

---

① 奎师那(又译黑天)为印度教主神毗湿奴的第八化身,肤色青黑,是众多牧女之恋人。其事迹见于《摩诃婆罗多》《薄伽梵往世书》等,12世纪梵文诗人贾雅迪瓦(又译胜天)的诗歌《吉塔·戈文达》(又译《牧童歌》)叙述了他与牧女拉妲的恋情。
② 乌利亚为大卫王军中将士,大卫王诱惑其妻拔示巴,使她怀孕,又设计令乌利亚战死。上帝为惩罚大卫王,让二人通奸所生的长子死去,又使大卫王家中兄弟阋墙、父子反目。相关故事见于《圣经·旧约·撒母耳记下》(11:2—12:25)。

骆　驼

那么多骆驼跪下来驮上它们的重负。
除了向下我们还有何选择？我怎样
才能接近你，如果我并不悲伤？蛤蜊滚落
在浪涛中，琥珀保存着蜜蜂在他屋子
静下来之前所感到的隐秘欲望。
鲑鱼必须穿梭那么多水域
在能回到故乡之前。
那么多结巴费力去说一个词语。

界　限

于是在熊的小木屋里我们来到世上。
这儿有界限。在所有界限中
我们所知甚少。我怎么只
知道一条河流——它的弯折——和一个女人？
女人之爱是对悲伤的洞悉。
悲伤没有界限。恋爱中的男人
炖着豪猪肉。在生长于世上的林
木间，悲伤找到了根系。

第五部分

周日下午

大雪飘飞,而世界宁静。
雪花轻巧,但它们飘落时
冷却了世界,更添宁静于屋中。
现在是周日下午。我读着
朗吉驽斯①,超级碗比赛②正在进行。
大雪飘飞,而世界宁静。

---

① 朗吉驽斯据信是公元 1 世纪美学作品《论崇高》的作者或其笔名,该论文令"崇高"成为西方美学中的一个重要范畴。
② 超级碗是美国职业橄榄球大联盟的年度冠军赛,早期举办于每年 1 月中下旬的某个周日,自 2004 年起,比赛日期固定为每年 2 月的第一个周日,这一赛事的电视转播在美国拥有极高的收视率。

茶 壶

那日早晨,我听见水被倒入茶壶中。
那声音只是一种普通、日常、嗑啦啦的声音。
但忽然之间,我却明白你爱我。
一件前所未闻之事,爱在倾倒的水中能被听见。

准备睡觉

别怕。
全世界的大莴苣
都围绕着我们。

家　蝇

现在赐福所有
低头的人吧!
约瑟不曾低下
他的头去亲吻
膳长①的双脚?
麝鼠舍弃
他父亲的宅子。
家蝇低下他的
头,舍
弃他优雅的
天堂来与我们同住。

---

① 约瑟为同在狱中的酒政和膳长解梦,解得酒政3日内官复原职,而膳长3日内会被法老处死,果然应验。故事见于《圣经·旧约·创世纪》(40)。

吾父四十

我那么爱他。我已如是
说过,因此不必惊讶。
这是一种最初的爱。来,张开
你的手。剪子胜过
布?石头胜过剪子?
这就是爱,无从
解释。也许它
早已萌生。你正看着
它。我找到的开始
一首诗的方式,取自他
走进一片田地的样子。

我的母亲

我的母亲担忧——哦,不是
你想的那些事——只是
结核病、死亡,
以及我的父亲。她过得不错。

有某种甜蜜
冒着泡泡——绵绵爱意
与早年的幸福。她没把
作母亲太当回事。

她自己的母亲死于一战时的
流感。于是
一切都摇摇欲坠。
人们不断离去。

她有一种

解脱自我的天赋。她在城里
找了一份工,用她自己的钱
买了一架钢琴。

她在养老院中
活了很久。
护士们都喜欢她,
但她几乎不说一句话。

又到早晨

致布丽奇特

又到早晨。昨晚我在梦中
度过几个小时,我得保持安静,
仿佛我们正在拜访蟋蟀或修女。

这是个美妙的早晨。猫咪整日安眠
在丁香丛下,而学者们继续
发现君士坦丁堡的新地图。

我女儿已发觉她姑娘时的玩意儿
皆为水中月。如今她有了个宝宝。
她是太阳而宝宝正安眠。

为克拉拉阿姨做的事

早晨有什么事萦绕我们心头。也许
只是晨曦微露,或是床边的钟
缓缓地走动,或是墙上的画渐渐
变得清晰,抑或是羽绒被恰到好处地压在身上。
也许就是所有这间房里的书。
以及餐盘的咯咯脆响,少年人
醒来的动静,女童的喃喃自语。现在我们还有时间
抿最后几口咖啡,在我们去参加葬礼之前。

门边的男子

昨晚梦中我在地下
走了几步。它像是个圣地——
也许千年之前的僧侣
就在那儿冥思。我几乎已忘了他们。

我们怎能忘记?好吧,这很容易。
门边的一个守卫——你明白是哪种,
他们不让人进去——拦下了我。
我唱了起来:"轰——都——喇,"

"轰——都——喇。"我没能记住
那些词有什么含义。
不过这门边的男子感到
眩晕,便让我溜了进去。

隐　士

清晨，隐士醒来，听见
冷杉树的根系在地板下萌动。
有人在那儿。那埋藏于大地中的
力量托举起夏日世界。当
一个男人爱上一个女人，他滋养她。
舞者在草地上播撒他们双足的光芒。
当一个女人爱上大地，她滋养它。
而大地滋养无人得见之物。

记堪萨斯州艾奇逊市博立顿大学诗歌朗诵会

纪念威廉·斯塔福德 ①

我们把诗歌朗诵会转移到健身房

为求温馨。在那儿,我们将一架大单车挪到一边。

某种兴奋进入了房间

当词句都赞成指示同一个方向。

你说刘易斯与克拉克这队人 ② 某晚

在那儿的河边过夜,阿梅莉亚·埃尔哈特 ③

---

① 威廉·斯塔福德(1914—1993),美国诗人,出生于堪萨斯州哈钦森市,著有诗集《穿越黑暗》(1962)等。他是勃莱的亲密朋友与合作者,亦是一位和平主义者,1941年曾拒绝美军征召。
② 1803—1806年,梅里韦瑟·刘易斯和威廉·克拉克受时任美国总统托马斯·杰斐逊之命,组建远征队横跨北美大陆进行考察。此次远征收获了大量有关中西部地区的水文地理、动植物及原住民分布的资料,推动了美国的西进运动。1804年年中,远征队来到现今堪萨斯城所在地区,并在密苏里河与堪萨斯河的交汇处停驻3日。
③ 阿梅莉亚·埃尔哈特(1897—1937),美国女飞行员,出生于堪萨斯州艾奇逊市,1928年完成跨洋飞行,成为首位独自飞越大西洋的女性飞行员。1937年,在尝试环球飞行时,她的飞机失踪于太平洋上空。

在那幢灰房子里住到了十二岁。
也许我们都能做出些勇敢事迹,只要我们去尝试。

我们,即便是最沉的那个,也飘然起来,当我们
记起一只纱窗上的飞蛾设法出去时
发出的声响。我们的人生也许就在今日改变!
与菲斯修女在健身房中一起聆听。

第六部分

不确定性

指甲盖下有那么多世界——
我不知该说些什么——也许
我们一直都让奴隶在夜晚忙活。

我担心我僻径上的朋友——
他们与我们相识,却没得到多少好处——
我们不断将自己送上歧路。

每天你的妻子都起誓不会离你而去,
但每晚她都不在;我们不得不叫
上所有旧日的仇敌将她再次找到。

多数夜晚月亮回归它天空中的位置。
但还有十二个小时杳无音信。
上帝发来短笺说他将会迟到。

偶尔一名受害者从监狱逃了出来,
在对街要了一间房。他一朝我们
挥手,警察便出现将他带离。

这儿的每一节诗都说了某件事,但究竟是什么?
每一行都说了我们不愿听的某件事。
但每一行都是一块石头带我们过河。

打谷者

为失却的世界抱怨毫无用处。
老鸡从来不啄起最后一粒谷,
打谷者通常在夜幕降临时回家。

我们可曾感谢阳光普照?
我们可曾称颂云朵体贴?
我们可曾感谢雨落于田地?

要是时光倒流一百年就好了,
对华兹华斯背诵几首他的十四行诗。
但或许最好还是让他继续漫游。

就让我们赞同如今我们自力更生了,
我们必须清洗自己的睡衣,
还要想出个法子回家去。

我们还能讲述迪林杰①小伙们的故事，
我们还能为我们的孩子买气球，
但要制作一本《时祷书》②却不容易。

我们知道多数迷失的父亲一去不返，
时钟只按一种方式走动，
打谷者总是在夜幕降临时回家。

---

① 约翰·赫伯特·迪林杰（1903—1934），上世纪美国大萧条时期的银行劫匪，与其同伙策划了大量银行抢劫事件，其故事曾被多次搬上大荧幕。
② 《时祷书》是中世纪基督教徒使用的祈祷书的一种，经手工绘制、抄写而成。书中包含教会节日日历、祈祷词、赞美词等内容，配有细密画等装饰。

渴 望

我不知为何空气滴滴凝聚在
玻璃水杯的内壁,为何长毛狗
总像是在等待着天堂。

我们得到的祝福比父母的更多。
甚至礼拜一,我们也可以敲门
请陌生人给张门票通天堂。

豪猪径直爬上了树
它的大尾巴悬垂下来,
但它没付两颗豆子给天堂。

躺在床上写诗的老人
感到他的头脑点亮,他知道
以某种奇怪的方式他正接近天堂。

男人有时转身为把一个女人看得更清。
美女的眼眸常常熠熠生辉
当英俊的牧师说起天堂。

每天我都如此快乐地写下这些诗。
我猜这意味着我整个上午都
渴望写下这个词:"天堂"。

我们今天看到了什么？

某几日我们很消极，倾听涌来的洪波。
其余日子，我们像一束光
整晚扫掠沙哑的大豆田。

我们今天看到了什么？马在拴绳
尽头，爱之翼掠过，
飞牛隐现划过月盘。

与其争论乔尔丹诺·布鲁诺 [1]
是否正确，或许沉默并迷失于
弯曲的能量中更好。

我们知道多少男人二十来岁时独居，

---

[1] 乔尔丹诺·布鲁诺（1548—1600），文艺复兴时期意大利哲学家，哥白尼日心说的支持者和倡导者，被教会定为异端，受火刑而亡。

多少女人嫁给错误的人,
多少父子形同陌路。

没关系,如果我们继续遗忘回家的路。
没关系,如果我们不记得我们何时出生。
没关系,如果我们写同一首诗一遍又一遍。

罗伯特,我不明白你为何如此自信地
这般谈论你自己。这镇上有许多
可疑的人物,而你便是其中之一。

长脚鸟

我们知道苦难又将开始。
它在飞越房屋的长脚鸟中,
在受难节①女人弹拨的低音弦中。

男孩们喜欢吹草叶做成的笛子。
弯曲小号继续呼唤着月亮。
但小提琴却追求失败与救赎。

乌龟拖着它的壳困难重重。
你与我已试过千种绝妙的方法
来追赶我们应受的苦难。

我们变正常的努力无济于事。

---

① 受难节在每年复活节前的星期五,是基督教纪念耶稣受难的宗教节日,据信被钉在十字架上的耶稣在这一天死去。

每天有十来次我们重写细节
它们或许能令陌生人对我们粗略一瞥。

音乐家无疑都曾是魔术师。
他们的忧伤在琴弦静止后还绵长良久,
百种苦难消融于一个和弦。

我们这些老家伙没一个能发现足够的苦难。
每天我们都记起飞越房屋的
长脚鸟,还有我们对救赎的渴望。

黎明时听到音乐

那时听到音乐是多么甜蜜
当夜晚正从烟色的枝头退去
太阳的敌人正丢下他们的手套。

音乐总在提醒我们我们爱着谁。
一两个音便消融了听者的思绪
于是我们又一次畅游在古老的河流里。

我们都是破产的庄稼汉学打惠斯特牌。
我们有许多双手在午夜之前玩弄。
另有其人将不得不为时间焦虑。

我总是很高兴,每当听说一只老母鸡
被瞧见在黄昏时穿过马路。
这意味着我们年迈的老师依旧安康。

我们不断记起巴巴罗萨①的人生。
少许威士忌酒就很适宜我们的人生。
大萧条时代并未真正结束。

如此这般诗歌堪比某种形式的音乐。
我们起舞两小时。当抬头望去,
我们发现所有的音乐家都已经消失。

---

① "巴巴罗萨"常指腓特烈一世(1122—1190),1152 年他被选为德意志国王,1155 年被加冕为神圣罗马帝国皇帝。他一生中曾多次军事入侵意大利,"巴巴罗萨"是意大利北部地区给他所起的绰号,在意大利语中意为"红胡子"。腓特烈一世在第三次十字军东征途中溺亡于格克苏河。

巢中鹰

没关系,如果这苦难持续经年。
没关系,如果鹰永远找不到他自己的巢。
没关系,如果我们永远收不到我们渴望的爱。

没关系,如果我们聆听西塔琴数个小时。
无所谓音乐家弹得有多轻柔。
迟早旋律会将一切吐露。

无所谓我们是否追悔我们的罪行。
老鼠将把我们的失败带去亚洲,
图瓦呼麦歌手将会讲述整个故事。

没关系,如果我们无法整日保持欢欣。
我们已接受的任务是向下
去恢复与被毁弃之物的友谊。

没关系,如果人们觉得我们是白痴。
没关系,如果我们面朝下趴在地上。
没关系,如果我们打开棺木爬了进去。

事情失控并非我们的错误。
让我们赞同,正是萨图恩① 和其他老头
将这一系列失败安排给了我们。

---

① 萨图恩是古罗马神话中的一位神祇,与生殖、丰收、财富、农业等相关,12 月的农神节即为他举行的祭典。土星以他的名字命名,而在占星学中,土星代表专注、精确、事业与崇高目标等,但也有困难、局限、束缚、试炼、漫长等消极的意涵。

我哀伤的屋子

我不知为何我哀伤的屋子犹如天堂,
也不知为何大象迈着如此倦怠的步伐,
更不知为何阔翼的鸟儿给了我们那么多乐趣。

我不知为何我替汉斯·布林克① 担忧,
也不知为何我把过去的老师记得那样清楚,
更不知为何我喋喋不休赐福到他们头上吧。

没关系,如果我忘了自己的兄弟,
又假装我的出生先于我的父亲,
还擦去那么多我昨日写下的诗行。

我不知为何我喜欢睡在羊皮底下,

---

① 汉斯·布林克是美国儿童文学作家玛丽·梅普斯·道奇《银冰鞋》中的主人公之一。

也不知为何我的毯子仿佛我相识最久的朋友。
更不知为何我害怕睡在露天野地上。

别问为何大象穿着那么大的鞋子,
为何袋鼠重生为绑匪,
为何扬帆似的翔鸟都是浪漫主义者。

我们知道鲑鱼跟随彼此洄游,
立法者聘用他们自己的侄子,
牧师花钱让他们的儿子进天堂。

关于我的父亲

咸涩的繁星经历世界的毁灭。
我父亲曾是蒙古平原上的游牧民。
每天他喂养千只阿斯特拉罕羔羊。

他知道何时危险的严冬将会来临。
他知道许多有关一月产犊的事,
以及如何避免新生的羊羔死去。

我无法向你说起初生便夭折的牛犊,
腿脚不稳地闲站着的小羊羔,
和依旧故我吃草的母羊。

他知道如何将小钉钉入有散架之虞的
农场货车。他有设法将世界
维系在一起的天赋。

我知道他多么频繁地救起其他农夫,
在艰难的岁月里,使他们免于毁灭。
他让百种忧伤存活于他的内心。

很难知道该就雅各①说些什么。
我知道他总是对以扫公平。
如果你见到雅各,告诉他我是他的儿子。

---

① 雅各和以扫是以撒的孪生儿子。以撒的妻子利百加怀孕时,耶和华预言大的将来要服事小的。以撒偏爱长子以扫,而利百加偏爱次子雅各。雅各先以红汤换取了以扫的长子名分,后又以羊毛裹手冒充哥哥以扫,骗得了父亲以撒的祝福。以色列的十二支派即从雅各的12个儿子发展起来。故事可见《圣经·旧约·创世纪》(25:20—27:40)。

沾满烟渍的手指

还有时间给过去的时日，那时音乐家
待在他快乐的气泡里，老汉们
用沾满烟渍的手指甩出扑克牌。

让我们希望布鲁克林大桥①会继续矗立，
雅各或者娶拉结或者娶利亚②，
阿巴拉契亚山脉不会一直消损③。

没人介意我们邋里邋遢、不修边幅。
在门边核查姓名的老头

---

① 布鲁克林大桥连接纽约布鲁克林区与曼哈顿区，于1883年正式通车，是当时世界上最长的悬索桥。
② 雅各为躲避哥哥以扫的报复，逃往母舅拉班处。利亚与拉结是拉班的女儿。雅各为娶妹妹拉结服事拉班7年，期满后拉班却将姐姐利亚送入洞房，7日后才让雅各与拉结成婚，为此，雅各需再服事拉班7年。婚后，利亚与拉结相互嫉妒。故事可见《圣经·旧约·创世纪》(29—30)。
③ 阿巴拉契亚山脉是美国东部的巨大山系，其地貌形成可追溯至4.8亿年前。它原本的海拔高度近似阿尔卑斯山脉与落基山脉，然而由于亿万年的风化侵蚀，它被逐渐削平，变得低矮。

只说匈牙利语,而且还眼瞎。

难说还有多少时辰留给我们。
新墨西哥的高原每年抬升一点儿。
这就像听见一条狗在远处吠叫。

几声鸟鸣径直透过墙壁。
我不知为何我们要费心去听它们
而我们还从未听见过自己的号叫。

别放弃,朋友们。我们心中某处,
雅各正在咱们的老农场上牧放绵羊①。
天使们依旧给约瑟传递消息②。

---

① 雅各为兴家立业给拉班做工,约定以有点的、有斑的、黑色绵羊与有点的、有斑的山羊为工价。故事可见《圣经·旧约·创世纪》(30: 25—43)。
② 约瑟是耶稣的养父。天使曾多次出现于约瑟的梦中,告知其耶稣的诞生,指示他带妻儿逃往埃及,回以色列以及去往加利利。故事可见《圣经·新约·马太福音》(1: 16—2: 22)。

旧诗人没能说出的事

八月里小麦穗上的阳光将我牢牢吸引,
因为我爱着那即将被割去的小麦。
让我们感谢令忧伤存活的人,无论是谁。

告诉我谁将哈菲兹领出坟墓。
谁带给我们第三十个王国的消息?
我止不住为这个问题鼓掌。

即使知道上帝将我们的脑袋放到
垫头木上,我们还是为一切称谢他,我们
记得夜晚已享有过的爱。

告诉我为何小提琴弦的苦难
持续经年,为何郊狼在夜晚呼号,
为何鸟儿从不安顿在一根枝上。

告诉我为何我的标题常常如此愁苦,
为何牛继续每日走
向屠场,为何战争持续如此之久。

一晚又一晚流逝于老人的脑海里。
我们努力提出新的问题。然而无论什么事
旧诗人没能说出,也将永远不会被说出。

我的判决是一千年的快乐

致露菲

第一部分

漆黑的秋夜

想象力是鸦房的门,因而我们
已经被赐福!鞋上掉下的一颗钉子
为牛顿照亮从集市回家的路。

昨晚我听到一千个圣洁的女人
和一千个圣洁的男人在午夜辩解
因为有太多胜利的喜悦在他们的声音里。

那些恋人,瘦削又衣衫褴褛,被父母们
所厌恶,做了工;在整个中世纪,
正是那些恋人令大门始终向天堂敞开。

往家走,无论何时我们路过苹果园
我们都会分心。我们还在吃着
亚当诞生那晚留在地上的果子。

圣十字若望①听到一首阿拉伯情诗
透过栅栏，便开始他自己的诗。在内华达
总是失蹄的马儿发现矿藏。

罗伯特，你很清楚有多少实质会被
恋人浪费，但我说，赐福那些
穿越漆黑的秋夜回家的人吧。

---

① 圣十字若望（1542—1591），西班牙天主教神父，也是西班牙最重要的诗人之一，代表诗作有《灵歌》《心灵的黑夜》。

献给安德鲁·马维尔①的诗

告诉特里斯坦②他的舌尖优美。
告诉恋人他们是有福的。告诉我我的诗
是千年之前许下的诺言。

热爱文学的人常说秋天
是四季中最好的。伊拉斯谟③爱拉丁语、汹涌的
大海,断裂的桅杆,下沉的船只。

今早我已两次亲吻马维尔的书。
他为哀悼者高兴——他们的眼睛蒙
悲伤赐福,他们"哀泣越多所见就越少"。

---

① 安德鲁·马维尔(1621—1678),英国玄学派诗人,作品有《致羞怯的情人》等。本诗所引诗句"哀泣越多所见就越少"出自他的诗歌《眼与泪》。
② 特里斯坦是12世纪骑士传奇中的人物,他替国王迎接和护送新娘伊索尔德前来成婚,却因误用爱药而与伊索尔德相恋。
③ 伊拉斯谟(1466—1536),荷兰哲学家、神学家,著有《愚人颂》《论基督教君主的教育》等。

我知道这些诗意味着我正开始
去除踪迹。但照此下去,当
洪水来时,我将依旧在洗刷地板。

每一滴水里都含有奇异、疯狂的
渴望,想成为海洋。我不必
说为何每一片草叶都如此纤细。

罗伯特,你对秋天的看法是对的。那些研究
卡巴拉①的人从路得黄昏拾大麦秆②的
故事里收获了那么多。

---

① 卡巴拉是犹太教神秘主义思想体系,包含一系列解释永恒上帝与有限宇宙间关系的复杂教义。
② 路得丧夫,为养活同样守寡的婆婆,到田间跟在收割大麦的人后边捡掉下来的麦穗,故事见《圣经·旧约·路得记》(2: 2—23)。

黎明前听西塔琴 ①

还未到黎明,而西塔琴正弹奏。
昨日那么清晰的脚步如今何在?
有时石头毫无重量,而云朵沉千钧。

对那些想我改变的人,我说:"我
永远不会停止游历这道路,它连接着
苏格拉底与乌龟,福斯塔夫与美名大师②。"

每一个西塔琴音都与那安置万物者
弹成协议。一个音说:"一年在天堂。"
肿胀的静默说:"两年于地下。"

西塔琴手早已在将天堂推倒,

---

① 西塔琴是一种印度的长颈弹拨乐器,今天也常见于世界各地的流行音乐中。
② 美名大师是历史上犹太人对以鬼神之名行神迹、消除疾病灾厄、驱魔、解梦算命之人的称呼。

而我们却还没学会运泥。
也许他们记得爱恋时犯下的所有错误。

有人说迦内什① 和凯瑟琳② 为我们所有人
做了工,但我看到许许多多的忠诚
在有着纤长身体的蜻蜓里。

当手指开始弹奏,天色尚暗。
如今那么认真倾听的我们缄口无言。
波动的西塔琴音就是拂晓黎明。

致大卫·惠特斯通

---

① 迦内什是印度教中的象头神,为智慧之神和破除障碍之神。相传他记录下了广博仙人口授的《摩诃婆罗多》,由于史诗过长,笔中途损坏,情急之下他折断自己右牙做笔继续记录。
② 历史上有多位著名的凯瑟琳,如最后殉道的基督教圣徒圣凯瑟琳(又称车轮圣加大肋纳)、俄罗斯女沙皇叶卡捷琳娜二世等。前者劝说罗马皇帝停止对基督教徒的迫害,辩赢了皇帝派来的众多哲人,使他们改宗基督教。后者大力赞助文艺、教育,与法国百科全书派学者结交,将启蒙思想引入俄罗斯。

与朋友在奥霍卡利恩特[①]闲游

矿物泉池记得许多关于历史的事。
我们正在奥霍卡利恩特,坐在一起,
吸收着大地的健忘发出的隆隆声。

若《安娜·卡列尼娜》结局悲惨,为何我们该烦恼?
每回一只老鼠将她的脚落在布满尘土的
谷仓地面上,世界就重生了。

有时"哦"和"啊"为我们带来快乐。当
你将你的生命安置在元音里,音乐
就打开了一百个闭锁之夜的门。

人们说即使在最高的天堂里
如果你设法留心倾听

---

① 奥霍卡利恩特位于美国新墨西哥州,是知名的温泉度假区。

你将听到天使在日夜哭泣。

伊特拉斯坎人①的文化已经消失。
那么多事物都终结了。菲茨杰拉德
对自己怀揣的一千个希望也已破灭。

无人似住在大地上的人们一样幸运。
甚至教皇也发现自己渴望着黑暗。
太阳在鲜有人至的天堂里着了火。

致汉娜与马丁

---

① 伊特拉斯坎人是铁器时代就已存在于意大利地区的古老民族,其文明于公元前 6 世纪达于鼎盛,于公元前 3 世纪为罗马所征服。

当我与你在一起

当我与你在一起,沙乐琴①的两个音
带我进入我不在之处。
所有农场都已凭空消失。

那些我孩童时喜爱的木篱笆桩子——
我能透过它们的木头看见我父亲的脸,
透过我父亲的脸看见打完谷时的天。

这是何等福气,听说我们会死去。
一万声吠叫变成十万声;
我知道与我自己的这段友谊无法长存。

再一次触动沙乐琴的弦,好让

---

① 沙乐琴,又译萨罗德琴,是一种在印度广泛流行的弹拨乐器,比西塔琴更小,音色深沉内敛。

片刻前触碰我皮肤的手指
能化作一道关闭房门的闪电。

现在我明白为何我一直暗示"你"这个字——
"你"的声音带我跨越边界。
我们用婴儿出生一般的方式消失。

某个和我同名的傻小子已费力
从篱笆厚木板间的缝隙里看了
一整个下午。告诉那男孩时辰还未到。

柏拉图有许多

哀鸽坚称只有一个早晨。
钉子依旧向它的第一块木板尽忠。
嘶哑的乌鸦向一千颗行星啼鸣。

太阳穿过云朵的聚居区落下。
只有一种燃烧的智慧而柏拉图有许多。
启明星凌越于一记翅膀的鼓动。

对那些谱曲的人,和写诗的人,
我说:我们的任务是变成一条湿润的舌头
精妙的思想从它滑入世界。

也许我们出生得离土豆箱太近,
像土豆一样,我们有许多紧闭的眼。
大腿上的一触就取代了诸天。

行星远比已经发现的多。
它们升起又落下。有人说
一幅画就是一个陶罐,装满了看不见的东西。

罗伯特,这首诗里的一些意象正贴切。
也许就同任何那些人所能做的一样好
他们依然住在欲望的老客栈里。

巴赫 B 小调弥撒 [①]

老德国人步入三一教堂。
男高音、女高音、中音与圆号
说:"别烦恼。死亡将来临。"

男低音降到他们的长外套里
把小块黑面包给穷人,说着:
"吃吧,吃吧,在叶忒罗花园的阴影里。"

我们都知道那古老的应许
孤儿必得食。双簧管说:
"哦,那应许于我们而言太妙!"

别忧虑大海。除灭全部城市的

[①] 《B 小调弥撒》是约翰·塞巴斯蒂安·巴赫(1685—1750)去世前 1 年才最终完成的一部宗教音乐作品,被视为其一生音乐探索的总结之作。

潮波仅仅只是画眉鸟
伸展它的翅膀追逐旭日。

我们知道上帝鲸吞忠实的信徒。
海底的采捕机正在喂养
所有被海的深度所毁坏的事物。

我们的橡树将断裂倒下。甚至当它们的树
已碎裂倾倒于夜色中,一旦
拂晓来临,鸟儿们除了歌唱便无事可做。

失明的托比特[1]

为何先知爬上同一艘船那么多次?
为何沉睡的人夜里造访其他大陆?
船四分五裂,而卡夫卡迷失了那么多次。

高中教师的鬼魂在石墙边等待。
为何耳朵总伸向暴雨狂风?
法老关押又释放约瑟[2]那么多次。

托比特!托比特!你的眼睛奶白色!每一位
父亲都失了明,在他儿子敲门的时候。
失明的托比特笨拙地摸向门那么多次。

---

[1] 托比特为基督教新教次经《托比特书》中的人物,他因眼睛落了鸟粪而失明,他的儿子托比亚捕得大鱼,在天使拉斐尔的指点下用鱼胆治好了他的眼疾。
[2] 约瑟因女主人诬陷而被关入监狱,后为法老解梦而被释,并得重用,故事见《圣经·旧约·创世记》(39:11—20,41:1—45)。

为何死于葛底斯堡①石墙边的人
在斯大林格勒冲向德国人?
小说家书写又重写他的小说那么多次。

将军打同一场仗一回又一回。
小提琴手演奏同一支托卡塔一遍又一遍。
指挥家指挥同一首曲子那么多次。

为何一些恋情好似一记闪电?
你惊讶吗?琐罗亚斯德②屡屡重生。
大雪封住了乡间小路那么多次。

---

① 葛底斯堡是美国宾夕法尼亚州南部的一个自治市。1863年7月,这里发生了美国南北战争中具有转折性意义的葛底斯堡战役。尽管这次战役中,北方联邦军成功阻止了南方联盟军的北侵,但双方均伤亡惨重。同年11月,时任美国总统林肯在葛底斯堡国家公墓的揭幕式上发表了著名的《葛底斯堡演说》。本诗中的石墙暗指南军著名将领托马斯·杰克逊(1824—1863),石墙是其绰号,但他已于葛底斯堡战役前两月受伤死去。
② 琐罗亚斯德是琐罗亚斯德教创始人。相传在他30岁时,真神阿胡拉·玛兹达向他显现,他很快发现还存在凶神安格拉·曼纽,但他决意要教导世人去寻求善。

希腊船

当水洼消失,鱼儿扑腾
在泥里,它们能虚弱地以沫相濡,
但它们最好还是沉迷于河流中。

你知道有多少希腊船载着它们的
葡萄酒货品沉没。如果我们无法
抵达港口,也许最好就直冲水底。

我已听闻哀鸽从来
言非所意。我们中那些写诗的人
已同意不去诉说痛苦为何物。

艾略特站在一只光秃的灯泡下写了
多年诗歌。他知道自己是个凶手,
并在出生时便接受了惩罚。

西塔琴手在搜寻:一会儿在后院里,
一会儿在留于桌上的旧餐盘中,
一会儿又在寻叶子背面的苦难。

去吧,把你的美名丢进水里。
所有那些为爱糟蹋了生命的人
正从一百艘沉船上呼唤着我们。

拜访老师

我是挪威健忘者的孙辈。
我是那些偷洋葱者的侄子。
我们都是罪犯婚礼上的宾客。

每次我们捡起一个跌落的鸫鹩巢,
就感到绝望与不公,但我们喜欢感受
被丢弃的蛋壳微弱的碎裂声。

喝一滴水就增加我们的干渴。
黑白电影加剧我们的热望:
夜晚将来临,轻松接过白日的班。

我们居住的幽暗洞穴一直延伸到
整个世界。那儿一片漆黑。甚至阿蒙森 ①

---

① 罗阿尔德·阿蒙森(1872—1928),挪威极地探险家,是第一个成功驾船通过西北航线的人,也是第一个到达南极点的人。在南极和北极探险中,他都率领一支庞大的雪橇犬队。

和他所有的狗都无法找到它的尽头。

星星已频频落于密林,却没带来
那些博士①,以致每一次鼻子
触到水,獾就喝下忧伤。

昨晚我把我的悲伤带给我的老师。
我问他他对此可以做些什么。
他说:"我还以为你来是因为你喜欢我!"

致努尔巴克什博士

---

① 耶稣降生时,几位博士(又称贤士)在星星的指引下找到他,向他献上黄金、乳香和没药,故事见《圣经·新约·马太福音》(2:1—2,9—11)。

第二部分

长翅膀

没关系,如果塞尚继续画同一幅画。
没关系,如果果汁在我们嘴里尝起来苦涩。
没关系,如果老人拖着一只无用的脚。

天堂树上的苹果悬在那儿好几个月。
我们经年等待于瀑布的边沿;
蓝灰色的山峦在黑树林后持续抬升。

没关系,如果我感受这同样的痛苦直到死去。
我们已挣得的一份痛苦提供更多的营养
甚于昨晚抽奖所赢得的快乐。

没关系,如果山鹑的巢里灌满了雪。
为何猎人要抱怨,如果黄昏时他袋子
空空?这只意味着鸟儿将活过又一个夜晚。

没关系,如果今晚我们归还所有的钥匙。
没关系,如果我们放弃对螺旋的渴望。
没关系,如果我爱的那艘船从不靠岸。

如果我们已如此接近死亡,为何我们要抱怨?
罗伯特,你为够到鸟巢已爬了那么多树。
没关系,如果你在坠落中长出你的翅膀。

扣紧肚带

快,因为马儿正沿路疾驰。
我们的死亡此刻正被套上鞍。他们在扣紧肚带。
只要继续大喊:"我的心永不痛苦!"

来,只剩下片刻,太阳正抚摸
罗伯士角的海洋;杰弗斯①熟知的那些海浪
将很快穿上林肯式的夜行外套!

你已等我如此之久。而我曾在哪儿?
任何取悦贪婪灵魂的东西就像一滴
心上的沸油。我们该做什么?

---

① 罗宾逊·杰弗斯(1887—1962),美国诗人,以描绘加利福尼亚海岸风光的诗作而闻名。他在卡梅尔的一处海岬角上亲手修建了名叫"突岩屋"的石房子,并居住于此。罗伯士角也位于卡梅尔,杰弗斯有相关诗作《罗伯士角与皮诺士角》。

当他们给马儿上鞍,就继续大喊:
"我的悲伤是一匹马;我是那失踪的骑手!"
缺席的悲伤是我吃的唯一面包。

任何取悦心灵的东西就像一滴
贪婪灵魂上的沸油,它无法承受片刻
当男男女女彼此温柔相待。

你知道这首诗的作者没有
握紧缰绳,快要跌落。
坚持住。马儿正向夜晚疾驰。

呼喊与回应

2002 年 8 月

告诉我为何如今是我们没有提高嗓门
为正在发生的事叫喊。你发现没有
计划为伊拉克制定,冰盖正在融化?

我对自己说:"继续,喊吧。当一个成年人
却不发声有什么意义?喊出来!
看看谁将回应!这就是《呼喊与回应》!"

我们得喊得格外响亮,让
我们耳背的天使听到;在我们战争时,
他们藏于装满沉默的水罐里。

难道我们已同意了太多战争,以致无法
逃离沉默了吗?如果我们不提高嗓门,我们就允许
别人(那正是我们自己)去掠夺房子。

为何我们听过伟大的呼号者——聂鲁达、
阿赫玛托娃、梭罗、弗雷德里克·道格拉斯①——
而如今
我们却沉默如小小灌木丛中的麻雀?

一些大师说我们的生命只持续七天。
一周之后我们会在哪里?今天已经周四了吗?
快,喊吧现在!周日的夜晚马上就要来临。

---

① 弗雷德里克·道格拉斯(1817—1895),美国演说家、作家和政治活动家,19世纪废奴运动的领袖人物。

鹅的忠告

快!世界不会好转了!
现在干你想干的事吧。序幕已经结束。
马上抬棺的演员们就要登台。

我不想吓唬你,但除非你学习,否则
你的被子就缝不了一针。鹅将告诉你——
许多叫嚷此伏彼起在黎明到来之前。

你有没有一位研究过监狱的朋友?
有没有一位朋友说:"我喜欢十二宫?"
"宫"这个字眼本身就意味着监狱。

那么多折磨在囚犯中延续。
牢房里有那么多悲伤。那么多道
闪电不断从未出生者那儿劈下。

请别指望下一任总统
将比这位更好。清晨
四点是读巴希理德①的时间。

每一粒种子都在土中度过那么多夜晚。
罗伯特,你已总是太过乐观;你也
将不被赦免,如果你拒绝去学习。

---

① 巴希理德是公元 2 世纪埃及亚历山大地区的宗教导师,据说他曾写下大量《福音书》注释,但都已散轶。他后来被诺斯替教奉为导师,其追随者组成巴希理德学派,他们主张二元论,相信救赎来自灵知。

弄瞎参孙[①]

你没看到他们吗？他们要来弄瞎参孙了！
但我们中的一些人不想日子结束！
如果参孙瞎了，大海会发生什么？

这还不够糟吗？太阳每晚
落山，而孩子们把鞋丢向月亮。
我记起日落时我母亲的悲伤。

现在我记起我的父亲。我记起
每一位父亲正与儿子摔跤的时候。
哦，四方之王——他注定要失败！

[①] 参孙天生神力，是犹太人统领，抗击非利士人。但他把剃去头发就会失去神力的秘密透露给了被非利士人买通的大利拉。大利拉趁他熟睡时剃掉了他的发辫，令他被非利士人所俘，并被剜去双眼。后参孙的头发重新长出，他向耶和华讨回神力，在非利士人的神庙中推倒柱子，与他们同归于尽。故事见《圣经·旧约·士师记》(16：4—30)。

你,吉普赛歌手,沙哑地喊几声!
召集乌鸦飞跃犁过的地。
我想让拍击的手掌为参孙高呼。

我想让粗哑的嗓音和叫嚷的女人
大声反对弄瞎参孙。
我将一直呼喊——拿走那些刀子!

这还不够吗,昏星每晚沉落
性爱在黎明结束?求您了,上帝,帮帮
人类吧,因为有人要来弄瞎参孙了。

我们出生时的巢

我们已忘了我们出生时的巢?
我们已忘了骨瘦如柴的脑袋和小枝铺就的底?
我们已忘了那些叫喊和大开的喙?

在我们宽恕巢里的其他人之前
我们多大了?也许该是我们自己的
脖子在风中摇摆。

昨晚我梦见我的兄弟溺亡。他的身体
没有浮起来,他有妻子和孩子。
浪头不断涌来。最后我看到了他的衬衣。

我们在洋面上驶了半途的小船里
桨都断了。水从裂缝中涌进来。
一个瞎眼老人正靠星星为我们引航。

我们该如何对待老人们所讲的故事？
一些人说一个比亚当还老、毛发蓬乱的生物
在稻粒之中建起一座监狱。

山羊下巴上剩下的一绺毛将足以
在一个风暴之夜把闪电引下
假使我们已忘了我们出生时的巢。

伦勃朗①的棕墨

伫立雨中的一匹老马的哀伤
绵绵不绝。坠毁沙漠中的飞机
把阴影抱在它的翼下三十年。

每一次伦勃朗运笔纸上,
那么多谷仓和篱笆就飞起。这许是
因为大地已将那么多夜晚扯下。

当我们听到一位嗓音低沉的德鲁帕德②歌手
耐心等待下一次换气,我们便知道
宇宙离了我们也能轻易运转。

---

① 伦勃朗·哈尔曼松·凡·莱因(1606—1669),荷兰历史上最重要的画家,欧洲巴洛克艺术的代表画家之一。他一生创作了大量画作,其中包括2000多幅素描,不少以棕墨画就。犹太人是他所热衷表现的题材。
② 德鲁帕德是印度传统音乐中的一种声乐风格。

那么多痛苦已储存于杏仁核①中
以致我们知道，不久我们便要
再次将脑袋搁到砧板上。

我们的大腿依然记得所有浓烟滚滚的夜晚
当我们在尘土飞扬的平原上蹲伏好几个小时
把骨头细小的哺乳动物架入火中。

那么多苦难的夜晚如何可能
以一幅棕墨速写勾画：
基督坐在桌前，而犹大在身旁？

---

① 杏仁核是大脑结构的一部分，具有产生和传导情绪的功能。

白马岛①的鹈鹕

偶尔向太阳伸展它们的翅膀,鹈鹕
俯冲捕鱼从黎明至黄昏。此世之主
是夜晚在暗室里工作的画家。

大地是我们已同意的丢弃恩赐的地方
亚当的祖父曾将它们赐给我们
在永恒降生前的黑暗时代里

恋人的身体属于被毁弃的大地。
稀疏的星星属于银河。
土豆田属于傍晚时分。

巨蜥是母亲的一个孩子,
最爱的孩子。巨蜥咬住一条蛇

---

① 白马岛位于美国佛罗里达州万岛群岛内。

纹丝不动一个小时,然后才吃掉。

我们知道没有尖锐的意见这很好;
但你还会如此看重诺亚吗?
如果他扔掉了那袋钉子。

这个月我已四次梦见我是个
凶手;而我确实是。这几行诗是纸船
出发去悔改之海上漂流。

格拉纳达的弗拉明戈[①]歌手们

歌手们将永远不会停止抗议雨水。
歌手们将永远不会停止抱怨海洋。
一千片橡树叶子落在挪用公款者的坟头。

我们所有在格拉纳达呼喊之人
正唤来马其顿人,他们的儿女
在上帝诞生之夜死去。

在我们之前,母亲与儿子已生生死死
好几个世纪;一些痛苦自诺亚以来一直持续。
鼓掌的正是我们巴比伦人的手,在今晚。

我想让蚂蚁掩埋教堂塔楼,在今晚!

[①] 格拉纳达是西班牙安达卢西亚自治区格拉纳达省的省会城市。弗拉明戈是安达卢西亚地区的一种艺术形式,包含舞蹈、音乐和歌曲,其形成也受到了该地区摩尔人和犹太人的影响,并吸收了许多吉普赛元素。

我想让教堂墙壁摇撼,在今晚!
我想让蚂蚁狼吞虎咽地吃掉红糖!

如果你还活着,再告诉我们一次耶稣如何
赦免犹大,犹大如何将他的钱币埋在
谷仓前被献祭山羊踩过的空地里。①

我们将永远不会结束喉咙深处的喊叫。
不论什么发生在上帝诞生之夜,
我们都将永远不会停止抱怨海洋。

---

① 犹大为30块钱将耶稣出卖,但当耶稣被定罪,他自感有罪,将钱丢在祭司长和长老的殿里,然后出去吊死。祭司长说这银钱是血价,不可入库,便用它买了一块安葬外乡人的田,那田被称为血田。故事见《圣经·新约·马太福音》(26:14—16,20—28,47—50,27:3—10)。《圣经·旧约·利未记》(16:5,7—10,15—22)记载,亚伦以两只公山羊为以色列会众的赎罪祭,其中一只羊作牺牲献给耶和华,另一只羊被放生野外,意味将罪愆带走,这只羊被称为替罪羊。

从身后而来的马

你注意到马疾驰过我们吗?
也许它们根本就是没有骑手的马。
也许他们是已变成马的骑手。

没有马从我们身后而来的世界
如今于我似乎荒谬。骑快点!
为何我曾让那么多世纪流走?

你知道如今出生时要得到一具
人类的身体有多难!别错失良机!
夹紧你的腿抵住马鞍。

你已给我辔头、马鞍和一匹
能连行好几里地的马。但总有可能
我是那命中注定要输掉比赛的骑手。

现在这不要紧。我们不关心
安娜和沃伦斯基是否找到他们回家的路,①
因为输掉比赛有那么多乐趣。

那么多顶尖骑手已跑过这一程!
看看所有这些在快马上的骑手
他们颧骨削瘦在夜晚疾驰而过!

---

① 在托尔斯泰的小说《安娜·卡列尼娜》中,沃伦斯基因求胜心切而从赛马上摔下来,并致爱马死去。而安娜则为沃伦斯基的意外而当场失态,于是在回家路上向卡列宁摊牌自己与沃伦斯基的感情。

第三部分

勃拉姆斯 ①

一定是我早年与失败的友谊
给了我对八月的热爱。
土豆田属于傍晚时分。

那么多次,男孩时的我坐在泥地里
置身干燥的玉米秆中,好时刻确保
方济各留心聆听夜晚。②

哥伦布的信告诉我们我们将收到
水手最终都会收到的礼物——
有关黄金的记忆和沙地中的坟墓。

---

① 约翰内斯·勃拉姆斯(1833—1897),德国浪漫主义时期作曲家、钢琴家,写有《德意志安魂曲》《第1交响曲》《D大调小提琴协奏曲》等。
② 方济各(1182—1226),天主教修道士,成立"小兄弟会",即方济各会。相传,他曾听到基督像召唤自己重建他的庙宇。

朋友的手的影子给我们的应许
与母亲走近时,我们从
门下的光那儿收到的差不多。

我们每个人都是为约瑟哀哭的雅各。①
我们是麻雀,飞越勇士之厅
又回到外面的落雪中。

我不知道为何这些意象竟让我如此
满意;一位天使曾说:"在夜晚前的最后一刻
勃拉姆斯会向你展示音符是多么忠诚。"

---

① 约瑟的哥哥们嫉恨父亲雅各偏爱他,便将他卖给以实玛利人,并向雅各谎称他被恶兽吃掉,于是雅各为约瑟哀哭,故事见《圣经·旧约·创世记》(37:18—36)。

雅各与拉结 [1]

日历橡树上的糙树皮和洒在
地上的那碗奶告诉我们分离已久的
恋人将抵达太晚而错过葬礼。

我们永远也无法补救哥伦布
在海中造成的创口；我们该如何守住
所有已向黑天使许下的诺言？

埃及导师不停追问，为何死者
去拿错误的《圣经》，为何鹈鹕
在复活节的早上弄错了她的巢。

雅各将再一次向拉结的头巾

---

[1] 雅各为娶拉结，服事她的父亲拉班7年，期满后拉班却将姐姐利亚送入洞房，7日后才让雅各与拉结成婚，为此，雅各需再服事拉班7年。故事见《圣经·旧约·创世记》(29：6—30)。

飞奔七年；再一次他将把有斑的嫩枝插在
黄昏时母羊饮水的源泉里。①

给水彩画家的茶里再添些糖！
不要禁止马奔进暴风雨！
请让丘塘里的青蛙都活着！

在创世中有那么多错误我们无法
纠正。作为父母，我们也许永远无法像
该做的那样对孩子们说出真正的祝福。

致布丽奇特和本

---

① 雅各与拉班约定以有点的、有斑的、黑色绵羊与有点的、有斑的山羊作为他牧放羊群的工价。他将剥了皮的树枝插在羊喝水的地方，羊对着枝子交配，就生下有纹的、有点的、有斑的羊。故事可见《圣经·旧约·创世记》(30: 28—43)。

该拿这花园如何

我就待这儿了。你继续走。把我留在
这约瑟忘记照料的破败花园中。
自我母亲第一次摊开我的衣服,我就在这儿。

一群女人一直提醒着我我爱谁。
她们举着胳膊站在果园里。她们说:
"离开这座你如此深爱的毁坏了的花园吧。"

我相信不比县城大的悔改
能够成为宽恕的大陆。
我相信封条还未贴上这扇门。

也许甚至我凭着软弱的信心也能得
怜悯。我确实相信路上的一块卵石
能在黄昏投下一百里长的影子。

因为当我在场时我缺席,而当缺席时
却在场,因为我向地面低垂双目,
我已在这毁坏了的花园里生活了七十年。

罗伯特,放弃你对一段别样童年的渴望吧。
你会记起法布尔[①]在他七十岁时
为他的昆虫们找到了一亩荒石地。

---

① 法布尔(1823—1915),法国昆虫学家、博物学家,著有十卷本《昆虫记》。1879 年,他搬入塞利尼昂一所毗邻一块荒地的房子,将它命名为荒石园,他在此观察、写作和生活直到去世。

鞋　拔

太奇怪了，鞋拔竟能够维持
它的形状好几个世纪。黄昏时我的无知
溜走，在树林里藏起它的蛋。

每个人都知道何时一位伟大的男人或女人
即将死去，并与此斗争。许多犹太人
想与彼拉多私下谈谈。①

我们父母的脸在黎明时带着那么多悲伤
令它们好似复活节岛上的石脸，
凝望着某个失踪的星期五。

---

① 彼拉多是审问耶稣的罗马帝国犹太行省总督。《圣经·新约》四福音书中的记载都表现出他并不愿意处死耶稣，甚至想要将他释放，然而迫于犹太人的压力，他才同意将耶稣交给他们钉上十字架。故事见《圣经·旧约·马太福音》(27：11—26)、《马可福音》(15：1—15)、《路加福音》(23：1—25)、《约翰福音》(18：28—19：22)。

在我们的每一场战争后,新的死者
都向我们举来一只杯子。我们还能做什么
除了证实一千年的黑暗?

铁一直呼唤着大地,而大地呼唤着铁。
如果你将一柄刀高高抛向空中,
这刀立刻就划过一道曲线刺入泥里。

我猜到我的自私会有多固执
当我听到挂钩从牵引杆
滑脱到地上发出的声响。

唱同一个低沉之音

我无法停止为我不能哭泣的
千个夜晚哭泣。我是个农场男孩
循着引离拖拉机的辙迹。

我的人生在我出生之日即告失败。
路过时,黑天使的羊毛
长外套拂掉了雪中的词语。

塔布拉鼓①鼓手一定已度过与舍弃过
那么多世人生,才让音乐听来如此。
他的双手正从海中舀出成吨的水。

女人们头发新洗,肉身

---

① 塔布拉鼓是印度传统音乐中的重要乐器,由一个高音手鼓和一个低音手鼓构成。

带着新的灵魂一次次地出生,木板
倚在篱笆上,这究竟意味着什么?

女人们遭受得最多——在每一个男孩之间,
那么多小地毯被编织出来,而后又被拆散。
一千碗葡萄酒被倒在地上。

罗伯特,你一直坚持同一个低沉之音。
我不知道你是如何获此准允。
你就像一个老头在船上发了疯。

致马库斯·怀斯

开心果

上帝夜里蹲伏在一颗开心果旁。
俄怀明风河山脉的广袤
并不比孩童的腰身更壮丽。

海顿①告诉我们我们已继承了一栋豪宅
在乔治亚众海岛中的一座上。接着最后一个
音烧毁县政大楼和所有的记录。

每一个用自己的手指按下琴弦的人
都在通往天堂的路上;指尖的疼痛
有助疗愈双手已犯下的罪恶。

让我们抛弃这观念:伟大的音乐是一种

---

① 弗朗茨·约瑟夫·海顿(1732—1809),奥地利古典主义作曲家,作品有交响曲《惊愕》、清唱剧《创世记》《第一号 C 大调大提琴协奏曲》等。

赞美人类的方式。这很好,赞同大洋中的
一滴水就包含克尔凯郭尔的全部祈祷。①

当我听见西塔琴诉说它生命的故事,
我知道它正告诉我如何行止——当亲吻
亲爱的那位的脚,以为我荒废的人生哭泣。

罗伯特,这首诗快要结束;而你
就像一截在瀑布边沿颤抖的小枝。
像音乐中的一个音,你就要消失于无形。

---

① 索伦·克尔凯郭尔(1813—1855),丹麦神学家、哲学家、诗人,被视为第一位存在主义者,著有《恐惧与战栗》(1843)、《哲学片段》(1844)、《致死的疾病》(1849)。美国作曲家赛谬尔·巴伯(1910—1981)曾将克尔凯郭尔《上帝的不变性》等作品中的祷文谱曲成《克尔凯郭尔的祈祷》(1942—1954)。

听古老的音乐

卢达维纳琴 ①

我不知道什么能让我离你更近。
也许放慢这段音乐,也许在午夜时
醒来,也许潜向水底。

也许沉默。灵魂越过藩篱的速度
带着足尖向前。其他时候,躺在我柜子上的
一本书带我回到母亲的双臂里。

我臂弯中的疼痛一定是那古老的忧伤
新生儿感受到它,当知道
他的父亲已向世界宣布他的降临。

别问我是站在柏拉图这边

---

① 卢达维纳琴是印度传统乐器维纳琴的一种,具有重低音共鸣的特点。

还是弗洛伊德这边。就过来帮我
烧掉我的书,好让我们能搬到阿根廷去。

鼓坚称我们死去的那个夜晚
将是一个漫长的夜晚。卢达维纳琴继续
坚称苦难还未足够。

继续,卢达维纳琴,继续低吼上帝。
我正用我的大脸摩擦着我的小脸,
宛如一只黑鹂迅速飞跃叶间。

致韦斯利和苏尼尔

藏在一滴水中

现在是清早,死亡已将我们遗忘了
片刻。黑暗拥有这座房子,但我活着。
我正打算赞美所有伟大的音乐家。

任何我的遭际也都将是你的遭际。
想必你定已对此了然,听了
琴弦如何泣诉,不论它们是被谁按下。

十月,院中的大橡树上,
叶子日日掉落好几个时辰。每个夜晚
一千张布满皱纹的脸仰望繁星。

但我们依然知道在任意一秒灵魂都能站
起来开始穿越沙漠,就像拉比亚最终

骑在复活的毛驴上去朝觐。①

正是向天房②进发令我们一直欢喜。
正是藏进一滴水中
令隐藏的脸对每个人都变得可见。

乔达摩说当摩天巨轮
停止转动,你将依然高高在上,
在你的位子里悬摆大笑。

---

① 拉比亚是苏菲派女圣人。相传在去麦加朝圣途经沙漠时,她的毛驴死去,于是她向神祈祷,遂使毛驴复活。
② 天房即坐落于麦加的克尔白,是穆斯林朝觐的中心。

致罗伯特·马瑟韦尔[①]

猎人,牵来我的马。我将再次步入哀伤。
我正寻找藏于草丛中的死者。
扶我上去。我为苦难再次迷狂。

我看到我正穿着一位死者的鞋子走动[②]。
我已降生为孤儿那么多次。纤细的小提琴
弦紧绷,已将我从自戕中拯救。

当罗伯特·马瑟韦尔举起他的两朵黑云
好让它们飘浮,彼此相距几尺,
我知道悲伤是那个告诉我该做何事的人。

---

① 罗伯特·马瑟韦尔(1915—1991),美国抽象派画家,黑色色块是其画作的标志性特征。
② 本句化用了英语习语"穿他人鞋子行走",意为与他人感同身受、理解他人的处境与经历,因此本句可理解为"我明白我正体会着一位死者的心境",原文仅按字面直译。

灵魂永远尝不够它哀伤的滋味。
我是一匹马,将头甩向一边,疾驰
离开快活之人生活的地方。

我不再在乎我是否有教养。
不去上学,我们已学会了那么多痛苦。
我们的诗行暗示了心跳间丢失的运气。

喜欢马瑟韦尔黑云的我们也许精神失常,
但至少我们知道在哪儿进食。我们是鸟儿的
近亲,它们曾跟随耶稣去埃及。

听沙赫拉姆·纳则利[①]

我知道马儿不停疾驰好几英里。
我知道蚂蚁不停昂起触角伸向天堂
并计划着新的胜利,然而这为时已晚!

当纳则利歌唱,我不关心第二个
亚当降临与否;我不关心我的话
令你哭泣与否——这为时已晚!

咖啡的香味从火中四散。
头发蓬乱的老妇在棺木边歌唱。
继续抱怨与祈祷吧。这为时已晚!

我知道甜蜜的元音与无法逃脱的节奏。

[①] 沙赫拉姆·纳则利(1950—),伊朗歌手,致力于伊朗传统音乐的演绎、传承与革新。

我知道那有多甜蜜,当一位年轻女子在这儿
但那老男人却思索上帝;然而这为时已晚!

我的舌头从未变得苦涩,因为我的嘴
一直叼着悲伤的烟斗在我的齿间。
继续,征服苦涩吧;这为时已晚。

我在此处;我孤身一人。现在是清早。
我如此快乐。如何能有那么多壮丽
栖居我的皮肤之下?继续问吧;这为时已晚!

第四部分

寄证据给检察官

暴风雨中的每一片叶都指示同一个方向。
一则韵事就是我们生活的故事。
恋人的身体总是倾向大地。

恋人们有时在枕头底下藏东西。
第一年中,我们保存了巴厘岛、
边界水域和马耳他低地的地图。

我们所知甚少,不足以搬入一所房子。
我们睡在外边的大麦田里夜复一夜,
看着星星越过世界的边缘。

我们知道恋人们去遥远的国度旅行,
有时在他们相遇之前。我们已经赞同
彼此相识于一百年前。

当我们已将证据寄给检察官
三次,他们明白我们注定
要坐牢。当法官见我们到来,他们鼓掌。

我们俩是盲目的,但我们确实驾马
越过了无尽的草原。你们法官,告诉我
你们是否曾见过驶了那么远的马车。

午夜醒来

我想忠于我所听到的。昨晚
听到音乐是多么甜蜜。一起
害怕这世界,其中有那么多快乐。

枝头的雪,你手里的忧伤,
泥泞中的足迹,古老的印加人的脸,
终年等待橡子落下的鳟鱼。

西塔琴手多么像乌鸦,每个早晨
凌空飞跃黑色的枝头
啼鸣六声,不带光的记忆。

每位音乐家都希望手指弹奏得更快
好让他能更加深入痛苦的王国。
弦上的每一个音都召唤着另一个。

那写下所有这些曲调的手
仿佛一只小鸟,在午夜醒来
出发去往山中老巢。

罗伯特,我不明白这些天你为何
运气这么好。那几行乌鸦
啼鸣的诗比一整晚的睡眠更棒。

佛罗伦萨一周

毛驴已经领我们穿越了那么多文化!
一位又一位处女已经降生!弗拉·里皮①的嗓音
是落于苦难上的一线光。

蛤蜊已经独自幸存了那么多个漫漫长夜。
为何乔托②不该在工作室中伫立好几个小时?
去吧;夜晚斋戒,破晓哭泣。

绿色的阿尔诺河③输送昆虫绿色的血液。
洗礼堂④中愤怒的男人们已经刺伤了
彼此,远在但丁哭着离开之前。

---

① 弗拉·菲利普·里皮(1406—1469),意大利画家,出生于佛罗伦萨。他将世俗生活的细节引入宗教画中,其画作反映了当时绘画风格的转变。
② 乔托·迪邦多内(1267—1337),意大利画家,出生于佛罗伦萨。其画作《逃往埃及》描绘了马利亚怀抱耶稣骑在小毛驴上的场面。
③ 阿尔诺河位于意大利托斯卡纳地区,流经佛罗伦萨。
④ 指圣若望洗礼堂。它是佛罗伦萨最古老的建筑之一,修建于1059年至1128年间。但丁曾在此受洗。

马利亚的脸孔闪耀得多甜蜜。为什么?
旧石器时代大象的长毛只一次落在
它们少女似的眼上;尔后它们进入永恒的黑暗。

那个年轻女子正在一间向托斯卡纳敞开的
屋中研习与祈祷。然而天使宽阔的
翅膀却无法完全进到房子里。

罗伯特,如果你已经见过哪怕一只乔托画的
棕驴耳朵,这就足够了。你不必透过窗子
凝视那为耶稣之眼而栽的田地。

致玛丽和亚历山大

拉莫^①的音乐

当夜晚正从橡木色的枝头撤退，
太阳的仇敌正丢下他的手套，
此时听到拉莫的音乐是这般快乐。

昨晚我在梦里哭得那么久那么凶
因为鱼儿不再回到那片河湾
男孩时的我曾每每在其中畅游。

看到雅各与以扫^②都正站在
他们父亲的床边，老渔夫便垂下钩子
把那个不计后果的男孩拉上了天堂。

---

① 让-菲利普·拉莫（1683—1764），法国作曲家、音乐理论家。作品有歌剧《双子星卡斯托尔与波吕克斯》、歌剧芭蕾《殷勤的印第安人》等。
② 雅各与以扫是以撒的双胞胎儿子。哥哥以扫被弟弟雅各买去了长子身份，又被骗走了父亲以撒的祝福，故事见《圣经·旧约·创世记》(25：29—34，27：1—40)。

一些音乐优美如细枝上的雪。
在词句和大提琴上拉动的琴弓之间
我真看不出多少差别。

好吧,在那之后我们如何还要抱怨呢?
我们已被警告过,在大地上我们收到的
是烟、火、风、泥与黑暗。

没关系,在杆子顶上保持平衡!人们
说如果你想对所有人藏起这神奇之物,
你将不得不拥有一段充满狂喜的人生!

在一场牌局里输掉房子

我们打了赌,我们用房子孤注一掷,
输过一千次。每次完成比赛,
我们就骑着马回到失败者的圈子里。

我们永远不会厌倦为彼此
渴望好事。当我们做爱,我们每一个
都像妈妈领着她的孩子到学校门口。

我们只有十四岁,当我在几何学课上
见到你。我们将狂喜狼吞虎咽;但我们对
撩拨夜晚的荣耀的裙摆所知甚少。

这恋人们的悲伤一定是古人
担忧的东西,因他们明白任何一种
光芒都会轻易迷失于乌云中。

哦,塞特与闪①!你们还在为那光的种子
悲伤吗?它无人近卫,就
降落到马利亚子宫的埃及。

也许我们无事可哀悼,
无物可悲伤。我们也,在每一次
失败之中,已更深入埃及一些。

---

① 当该隐杀死兄弟亚伯后,上帝又给了亚当和夏娃一个儿子,即塞特。闪是诺亚的长子。

哀悼史

奇怪的是夜晚染上了斑斑悲伤。
鸟儿们在枝头映红时唱起歌来。
但我们在太阳落山时写我们的诗。

我们的祖先知道如何为死亡哀哭;但他们
被弄得精疲力竭,寻找大石头遮盖
死者,招来新的灵魂替代他们。

我们睡在石灰岩平原上,一晚接一晚地
苏醒,追寻死者所走的路线:
穿过石灰岩中的孔洞,上至繁星之中。

洞穴壁上用吹散的粉末描出轮廓的
一些手缺少手指。①

---

① 阿根廷巴塔哥尼亚地区平图拉斯河附近一山洞中有远古时期人类留下的岩画艺术,其中包含大量用喷管绘成的手印,不少手印缺少手指,这可能是由于手部残疾,也可能由于它们是某种借助弯曲手指来表意的符号。

我们曾在尘埃中绘制星图。

一切曾过得那么缓慢!某日一个女人哀哭
当她看到一根被赭石染红的骨头。
一千年后,我们在一座墓中放入一枚珠子。

一些坟墓伫立于林中。我们依然不明白
为何松木棺材如此精美。我们不知道。
我们依然忧思着为何太阳会升起。

俄勒冈海岸一周

出生就相当于从悬崖眺望
大海。大水母在海面上伸展它们的触手
告诉我们我们的无知有多深。

我们采取的行动好似墨水渗入一张纸页。
我们无法看到的男男女女已书写于这纸页
恰在我们眼前。正是死亡折叠起这纸页。

为何我们认为自己对身边之人的痛苦
负有责任？落于桅杆上的
信天翁在一千年前就开始飞翔。

我们在漂浮于百慕大群岛附近的一叶扁舟里
看着滴滴海水从桨上掉落。
马上麦尔维尔的船只就要唱着歌驶来。

所有那些我们已出生过和死亡过的时刻，包括
那些我们根本从未出生的时刻，
都需要仙女①端坐在她的椅子上。

罗伯特，你已成为一名夜空的守望者——
你端坐大半夜凝视猎户座。开心点吧
那么多水母在海面上伸展它们的触手。

---

① 原文直译为"安德洛美达"，是希腊神话中珀耳修斯之妻，亦可指仙女座，另有一种沙发椅以此为名。

沙 堆

昨夜我们脱掉狼皮,起舞
几小时,在旧地毯上踏着舞步。我们是
沙堆,崩塌于别人的双手。

正是当我们唱同样的四个小节一遍
又一遍,我们才慢慢迷狂
为一只从未放下的珍贵的脚。

我们有好一会儿分不清门在哪儿
角落在哪儿。我们不知道是
我们的喊叫还是别人的,充斥着房间。

这所有的舞将对人有什么好处?
哦,一点没有;它从来就没有好处。
它珍贵如同一百个小时的祈祷。

我们不知为何我们的身体正上窜
下跳，也不知为何我们的嗓子装满了声音。
我们应有尽有的全部年岁已消失于无形。

我们分不清墙和地板在哪儿。
我们失掉了所有冷静当我们在酷热中起舞。
我们应有尽有的全部年岁已变成了这副模样。

肮脏的纸牌

朋友们,是时候放弃对狂喜的希冀了。
茶碟不会带我们走。拉斯科尔尼科夫
不得不指望警察来帮他入睡。

我们的灵魂喜爱那已发给无用之人的
肮脏的纸牌。老汉们用沾满烟渍的
手指打出破旧的皇后。

在太阳马戏团里,当杂技演员
掠过人群上空,婴儿们正
降生,他们比我们懂得更多。

老野兔的黄牙很能解释
怜悯的短缺;毛毛虫的步履
令我们记起蒙古人策马奔向喀喇可汗。

葬礼之后，一旦他们安全了，死者就开始
怀念输掉牌局。我们知道该隐和亚伯
想要再次相逢于犁过的田地。

罗伯特，没有一件可耻的事是我们本可以
不做的。我们依然栖息于一根杆子上。
我们将遭遇什么很大程度上取决于风。

那对胖胖的老夫妇旋转

鼓说我们死去的那个夜晚将是一个漫长的夜晚。
它说孩子们还有时间去玩耍。告诉成年人
他们今晚可以拉上睡床四周的帷幔。

老人想知道战争是如何结束的。
年轻姑娘想以她的胸脯令太阳升起。
思想者想使误解继续存在。

这没关系,如果粗俗的僧侣被葬于祭坛边。
这没关系,如果歌手没能出现在她的演唱会上。
这很好,如果那对胖胖的老夫妇一直旋转。

让父母们夜夜在摇篮旁歌唱。
让鹈鹕继续住在他们用小树枝筑成的巢里。
让鸭子继续钟爱她脚边的泥巴。

这没关系,如果蚂蚁总是记得他回家的路。
这没关系,如果巴赫一直弹向同一个音。
这没关系,如果我们把梯子从房子上碰倒。

甚至如果你是个清教徒,这也没关系
只要你今晚加入恋人之列,在他们破败的房子里。
这很好,如果你变成一个灵魂然后消失。

第五部分

沙比斯塔里① 和《秘密花园》

我无法停止赞美沙比斯塔里,因为他使
小昆虫的腿与大象的腿靠近彼此。
接下来,我想让星期天更靠近星期一。

假使一小截稻草可以与风成婚。
你还没留意到那些美满的婚姻吗?
当风与麦秆沿路同行。

当一首诗将我带到彼处,那儿
没有一个故事会发生两次,我的全部期望
就是一间温暖的屋子,与一千年的思考。

康拉德说黑泳者确实抵达了他的船。

---

① 马哈茂德·沙比斯塔里(1288—1340),波斯苏菲派诗人,《秘密花园》是他最有名的作品,回应了对苏菲派哲学思想所提的 15 个问题。

若我们沉入我们应得的苦难,
我们的梦将拥有一切亚当和夏娃为之哀哭的东西。

奇事确实发生了。某个早上,克尔凯郭尔
准确解释了恨①究竟是什么
而老鼠同意与房间里的每一个人成婚。

罗伯特,那些崇高的灵魂并不证明你是
真理的密友;但你已学会
在人类哀伤的大草原上驾驶你的小车。

---

① 克尔凯郭尔最早将恨(ressentiment)这一概念引入哲学探讨,在《两个时代:一篇文学评论》等作品中对此有过论述。

城市被焚之夜

一定是萨图恩① 和其他老头
为我们安排了这个黑暗之夜。
我们的人生有那么多时光流逝于晦暗中。

当你为了摄取甜蜜的果实而切开
一只苹果,一定要吃掉黑色的小籽
如此你便可以品尝斯威夫特所知道的那种酸涩。

我从未厌倦绝望与孤注一掷,
而且我也不会安静。我一直叫喊着房子
正在被掠夺。我甚至想让小偷也知道。

---

① 萨图恩是古罗马神话中的一位神祇,与生殖、丰收、财富、农业等相关,12月的农神节即为他举行的祭典,他也被视为"黑色的太阳"。土星以他的名字命名,而在占星学中,土星代表专注、精确、事业与崇高目标等,但也有困难、局限、束缚、试炼、漫长等消极的意涵。

我们得帮助彼此去倾听,因为
正是在风雨大作的午夜
索福克勒斯和所有的哀哭者降生了。

我们已设法在理性的帮助下
径直走了一百年。朋友们,我们是一簇簇
五子雀在晓风中被吹行了好几里。

我不明白为何这些诗总是突然转
向黑暗。罗伯特,其实你是罗得的
一个女儿,①逃离着启蒙的废墟。

致迈克尔·文图拉

---

① 耶和华见索多玛罪恶深重,便派两位天使去毁灭这座城市。天使到城中,告知罗得此事,让他尽快带妻女逃离,故事可见《圣经·旧约·创世记》(19:1—30)。

新　郎

新郎想要抵达挪威教堂。
但大雪封住了道路。
我们每一个都是新郎,渴望着存在。

婚姻使飞蛾靠近烛火。
凭他们脆弱的翅膀,男男女女
正不停地飞入熊熊燃烧的存在。

有人说每一滴堪萨斯的地下水
都了解海洋。怎么有这事呢?
每一滴水都像我们一样渴望存在。

阿布·赛义德[①]在沙漠里斋戒了二十年。

[①] 阿布·赛义德(967—1049),苏菲派诗人,流传他以巨龙好友教化弟子的故事。

当他后来回来,他的龙朋友
哭泣。"你的苦难给我提示了一点存在。"

当钢琴家的手指敲击《第 10 号前奏曲》的
所有音符,显然巴赫的灵魂已像
野兔一般蹦跳于旷野似的存在。

罗伯特,你离快乐很近但并未真正抵达。
你是一个驼子站在意大利
广场上,张望着被欢庆的存在。

大麦穗

我不知道你是否曾在八月下旬遇上过
一截大麦穗,它被尖刺的麦须所保护。
它扎在你的衣服上,纯粹出于忠诚。

当一个农场姑娘捡起一根来亨鸡毛
在空谷仓里挥舞它,它掀起的
风暴微妙如风起于忠诚。

挂在树上的最后一片枫叶,倚着
蓝天,好似那位带着
翼尖进屋的天使,靠近马利亚的忠诚。

西塔琴手为每一支拉格① 追踪

---

① 拉格是印度传统音乐中的旋律框架,它们各具主题,乐手们演奏时在这些框架的基础上进行即兴创作。

十二音的轨迹,五音在上,七音在下。甚至
与十二位新娘一起,他还保持着忠诚。

你知道一根针为捍卫自己而竖立;它
并非慷慨之物,但,与手合作,
它开始踏上道路前往忠诚。

很难知晓该对灵魂中的奇迹
说些什么。甚至我们中那些已违背了
许多诺言的人也可以依旧期待忠诚。

亚当的领悟

亚当同意大海将成为盐的家园。
我们都明白过我们的灵魂将悬于一线。
上帝同意珍珠将脱离我们的掌控。

回头浪子①在他的房中发现了什么?
他的靴子与剑,一只拴着铁球的
小猴子,一张床,以及健忘。

我已写下躺在那么多张小床上的诗。
有时一个十字架挂在门背上。
通常,拂晓的黑暗就在屋里。

有人说农民已担了节约与播种小麦的

---

① 耶稣曾说过一个浪子回头的寓言:小儿子在外挥霍完父亲分给他的家产,最后回到家中向父亲悔过。故事见《圣经·新约·路加福音》(15:11—32)。

罪过;而面包师已担了
烘烤面包的罪过!

我这样说:"我要欠我的东西。"
一个声音说:"我们有我们的遗产。"
那是谁的声音?那是我过去的老师吗?

哦,多么荣耀,冬天的雪
竟那样深,我们所知那样少,
而未来该脱离我们的掌控!

吃黑莓酱

当我听说我们都属于非存在,
我垂下眼,但随后我又抬起它们
出于爱,为那小小造物归属于非存在。

有人说鲈鱼变得彼此相像
来抵挡鲨鱼的瞄准攻击。但活着
并不意味它们摆脱了非存在。

家燕幼雏的啼鸣从巧妙地
牢筑在椽上的泥巢里传来,
教我去爱瘦弱的小鸟归属于非存在。

胡子稀疏的道士整日用
直钩垂钓,告诉我们他们已学会
不太过期许于非存在。

黑莓有那么多张脸,以致它们的酱
是一种无的增稠剂;我们每个人
都爱吃这浓稠糖浆状的非存在。

当每一节诗都以同一个词结尾,
我便欢喜。一位朋友说:"若你为那得意,
那你定是秘书之一,隶属于非存在!"

黄胸松鸡

我已花费整整一生做我喜欢的事。
让我们致敬鹌鹑,那么努力地搜寻食物。
我在这儿,在蓄水池中吹着长笛,就像约瑟一样。①

我的天才相当于跟随大象
穿越劲风的毅力。有时长元音
先行,指引我们路在何方。

感谢上帝,因若弗雷·吕德尔②,他甚至教会
维京人爱的道路。我们是无能的、绝望的
恋人,但我们确实在风中吹起肖姆管③。

---

① 约瑟的哥哥们嫉妒他得父亲宠爱,打算将他谋害,丢在一个蓄水用的坑里,故事见《圣经·旧约·创世记》(37:18—20)。
② 若弗雷·吕德尔,12世纪法国吟游诗人。相传他倾慕一位远方的美丽女伯爵,即他诗中"远方的爱",在跋涉前往女伯爵城堡的路途中,他患上重病,女伯爵听闻此事前来相见,最终诗人死于她的怀抱中。
③ 肖姆管是流行于中世纪和文艺复兴时期的双簧木管乐器。

只有当我在外边的田地里,躲避着
阵风,我才领悟昨晚破碎的
能在今早恢复完好。

我不知道你是否听过黄胸松鸡
啄击一段老木头。他就像哈菲兹①一样
重复着他从老师那儿听来的东西。

罗伯特,我不希望你在这首诗里吹嘘,
别扯和约瑟相提并论。
我们只是在这儿谈论羽毛飘摇在风里。

---

① 哈菲兹(1315—1390),波斯诗人,常用扎尔诗体写诗,其作品对后世波斯文学影响很大。

从城堡里偷糖

我们是放学后留堂研习快乐的穷学生。
我们好似那些印度群山中的鸟儿。
我是一个寡妇,孩子是她唯一的快乐。

我蚂蚁般的脑袋里装着的唯一东西
就是建造者的糖堡设计图。
仅仅偷一粒糖也是一种快乐!

像一只鸟儿,我们飞离黑暗进入
被歌声照亮的厅堂,然后又飞离。
被隔绝在温暖的厅堂外也是一种快乐。

我是一个落后者、懒汉、傻瓜蛋。但我爱
读那些人的故事,他们曾瞥上一眼
那张脸,在二十年后死去,伴着快乐。

我不在乎你说我将立刻死去。
甚至在"立刻"这词的声音里,我听见
一个"你"字,"你"起头的每个句子都有关快乐。

"你是一个小偷!"法官说。"让我们看看
你的手!"我在法庭上展出我结着老茧的双手。
我的判决是一千年的快乐。